Dario Ciampolini

# Il Mulino a Vento

*Per volare con la fantasia*

GRUPPO EDITORIALE RAFFAELLO

13



Collana di narrativa per ragazzi
diretta da
Luigino Quaresima

Direttore di collana: *Luigino Quaresima*

Coordinamento redazionale: *Emanuele Ramini*

Redazione: *Salvatore Passaretta*

Progetto Grafico e Impaginazione: *Letizia Favillo*

Copertina: *Dania Fava e Letizia Favillo*

Nuova Edizione 2008

Ia Edizione 2000

Ristampa

7 6 5 4 3 2 1 2015 2014 2013 2012 2011 2010 2009



*E. Mail*: info@ilmulinoavento.it

*http://*www.ilmulinoavento .it

Printed in Italy

CERMET
SISTEMA DI GESTIONE CERTIFICATO
QUALITÀ UNI EN ISO 9001:2000
AMBIENTALE UNI EN ISO 14001:2004

Nicola Cinquetti

# Un pirata in soffitta

Illustrazioni di

Vinicio Salvini

*Se volete un supergoleador o un superfiammifero*
*(capace, immagino, di dar fuoco all'intera Via Lattea)*
*non avete che da fabbricarvelo.*

Gianni Rodari

# Un gioco interessante

Quella mattina la maestra entrò in classe con un sorriso più vivo del solito. Ci guardò in viso a uno a uno, e ad ogni sguardo aveva un sussulto di gioia.

Tra di noi circolarono rapide occhiate piene di preoccupazione, perché quel sorriso preannunciava sempre qualcosa di temibile.

Ci alzammo in piedi, salutandola ad alta voce, e restammo così, in attesa di fronte al pericolo.

La nostra maestra, la signora **Carlotta Cappello**, era una donna non più giovane, ma sempre meticolosamente truccata; aveva un vocino stridulo e indossava vestiti variopinti.

Non era severa, e nel suo lavoro era animata da una grande passione: ci proponeva lezioni insolite, originali, creative, e ogni tanto riusciva davvero a sorprenderci.

Fermi di fronte alla cattedra, aspettavamo dunque trepidanti le sue parole.

Lei respirò a fondo un paio di volte e finalmente dichiarò:

– Oggi s'inventano storie!

Un coro di evviva sinceri si levò dai banchi.

La maestra però non aveva finito di parlare. Appena le voci si placarono aggiunse, arrossendo per l'emozione:

– Il prefisso, ragazzi, questa volta partiremo dal prefisso!

Un grave silenzio calò sull'aula.

Spontaneamente, ci sedemmo al nostro posto, curiosi di ascoltare il seguito. Che cosa significava partire dal **PREFISSO**?

Alberto alzò la mano e domandò:

– Dobbiamo fare delle telefonate interurbane?

Qualcuno ridacchiò, ma la maestra rispose con serietà:

– Non esattamente, Alberto, ma la tua domanda non è fuori luogo, perché hai usato proprio una parola che contiene un prefisso!

Carlotta lesse nei nostri sguardi l'imbarazzo un po' stizzito di chi non capisce un accidente.

– I prefissi – riprese allora la maestra – sono quelle paroline che si mettono davanti ad altre parole per formare parole nuove.

Sembrava un gioco di parole.

– Per esempio – continuò coraggiosamente, – la parola "*interurbana*" è formata dalla parola "*urbana*" e dal prefisso "*inter*".

Giacomo e Stefano, gli interisti della classe, colpiti nell'udito da quel suono tanto caro, si alzarono contemporaneamente in piedi, e con i pugni al cielo intonarono insieme:

– Forza Magica Inter, oh, oh, oh...

Il gesto provocò la reazione di tutti gli altri, milanisti in testa, che allungando le braccia e riversando i pollici all'ingiù risposero con alti ululati e un coro di:

– Buuu!...

Visibilmente contrariata, la maestra alzò la sua vocina per richiamare all'ordine.

A poco a poco i cori si spensero e la lezione poté proseguire:

– Noi conosciamo e utilizziamo tanti altri prefissi, per esempio: *mini, bis, dis, tris, super, iper, arci*...

Allora cominciammo a capirci qualcosa e ci affrettammo ad aggiungere:

– Maxi!

– Anti!

– Ultra!

– Micro!

– Bene, bravi! – commentò soddisfatta l'insegnante. – Adesso invece vediamo quali parole composte con un prefisso conoscete.

Una valanga di parole travolse la maestra.

– Supermercato, extraterrestre, minigonna, vicecapo, maxicono, ultravioletto, bisnonno, trisnonno, tristezza (no, non c'entra), semicerchio, microscopio, megabit, precotto, ultrasuono, Superpippo, sottoscala, quadrilatero, biscotto, dispiacere, vicepreside, arcipelago, microfono...

– Bene, bene, ci siamo, ci siamo! – strillò Carlotta cercando di riportare il silenzio.

– Ora ascoltatemi bene: ognuno si procurerà due foglietti; sul primo scriverà un prefisso e sull'altro un nome qualsiasi. Poi piegherete i biglietti e verrete qui alla cattedra. Metterete il primo biglietto dentro questa tazza blu, il secondo dentro questa tazza rossa.

In pochi secondi tutti svolsero l'insolito compito, e si avviò la processione verso la cattedra. Quando le due tazze furono colme, la maestra svelò la grande idea:

– Ora tornerete qui, uno alla volta, e prendere a caso due biglietti: uno dalla tazza blu, l'altro dalla tazza rossa. Poi leggerete ad alta voce le due parole, prima il prefisso, dopo il nome: si formerà una parola nuova, magari un po' bizzarra, che vi darà lo spunto per inventare una storia fantastica!

Alberto, che sedeva in prima fila vicino alla porta, fu invitato a provare per primo. Si avvicinò lentamente alla cattedra e nel silenzio generale pescò i due fogliettini. Lesse a voce alta:

– ULTRAROSPO.

Una spontanea risata accolse questa prima rara bestia.

La maestra sorrise e chiamò un altro alunno.

Così, uno dopo l'altro, apparvero nella nostra fantasia oggetti assurdi, animali favolosi, uomini impossibili: un vicecammello, un superpostino, una pregiraffa, un semivigile, un maxigrillo, un minisindaco, una tricaramella, un antipapavero, un microgrido, un'ultrapuntura, una contropatata, un'iperpantofola...

Venne il mio turno. Corsi alla cattedra e pescai dalla tazza blu. Sul bigliettino trovai scritto: QUADRI.

Che cosa mi sarebbe toccato? Un quadrigelato, una quadriluna, un quadrimago, un quadrigatto? Tolsi il foglietto dalla tazza rossa e lessi con enfasi:

– QUADRI...FOGLIO.

Dopo un attimo di incertezza, i miei compagni scoppiarono a ridere. Io li guardai corrucciato: proprio a me doveva capitare la sfortuna di trovare un quadrifoglio, un normalissimo quadrifoglio? Mi rivolsi alla maestra e le chiesi:

– Posso ripescare, per favore?

– No – mi rispose, – devi accettare la sorte, come hanno fatto gli altri.

– Sì, ma gli altri...

– Il gioco è gioco! – sentenziò la maestra.

A volte mi sembrava che Carlotta fosse severa solo con me.

– Allora devo inventare una storia che parla di un quadrifoglio? – domandai, rabbuiato.

QUADRI
FOGLIO

– Naturalmente.

Tornai al posto mogio mogio, tenendo i foglietti nella mano destra.

Aprii il quaderno di italiano ma, mentre i miei compagni scatenavano la loro fantasia all'inseguimento di esseri fantastici, decisi cocciutamente di lasciare il foglio in bianco, per protestare contro l'ingiustizia che avevo subito. Perciò, quando dopo una mezz'oretta i miei compagni presentarono alla maestra i loro scritti, io mi buscai una bella sgridata e una lunga predica sull'immaturità del mio comportamento.

Sulla strada del ritorno, liberai quei dieci lacrimoni che a scuola avevo tenacemente trattenuto, e meditai a lungo sul fattaccio:

"Ogni volta che c'è un'estrazione io non ho un briciolo di fortuna! Alla lotteria della Croce Rossa non ho vinto nemmeno un premio di consolazione, alla pesca parrocchiale ho preso solo un temperamatite di plastica usato, alla tombola di Natale, con tutti quei premi, non ho fatto neanche un ambo..."

Giunto a casa, mi sedetti sul muricciolo del giardino per asciugarmi le guance prima di entrare.

Mentre ancora riflettevo sulla mia malasorte, scorsi nella piccola aiuola, tra un esercito di trifogli, un grande, verdissimo quadrifoglio.

Fu una sorpresa: io non avevo mai trovato un **quadrifoglio** in vita mia, a parte quei due bigliettini che tenevo ancora in tasca.

Lo colsi e lo osservai con cura: era bello, simmetrico e armonioso. Mi avrebbe portato fortuna?

# Un venditore di oggetti pirateschi

Abitavo in una graziosa palazzina di tre piani, ciascuno dei quali era occupato da un solo appartamento.

Al primo piano alloggiava la mia famiglia: io, mia madre Elvira, impiegata ai Grandi Magazzini, e mio padre Ermanno Bufalini, funzionario di banca.

Sopra di noi risiedeva la famiglia Sorpresa: padre, madre e due figlie adolescenti perennemente in lotta contro l'autorità dei genitori. Urla, pianti, offese, scenate, fracasso di porte sbattute: così la famiglia Sorpresa trascorreva allegramente le sue giornate.

Il terzo piano era occupato dalla signora Luna. Non so bene se quello fosse il nome, il cognome o altro ancora, sta di fatto che sul campanello c'era scritto semplicemente Luna, e tutti la chiamavano così, col nome del nostro satellite. La signora Luna viveva da sola, lavorava come commessa in una fioreria e durante le sere se ne stava spesso affacciata alla finestra del salotto, come se attendesse il ritorno di un fidanzato, mostrando a tutti il suo faccione grasso e immobile, che assomigliava proprio alla luna quando è piena.

Le tre famiglie andavano generalmente d'accordo; le uniche litigate scoppiavano quando torbide gocce d'acqua, provenienti dai vasi che infioravano il poggiolo della Luna, cadevano diritte sulle lenzuola stese ad asciugare dalla signora Sorpresa, nel terrazzo sottostante.

Giunto a casa, sistemai il quadrifoglio nella prima pagina di un quaderno nuovo, sotto la scritta *quadrifoglio*.

Mi procurai poi due scatole di latta, di quelle cilindriche, da caffè; le rivestii con la carta crespa di due diversi colori, il blu e il rosso, e infine ritagliai un centinaio di striscioline di carta bianca: volevo ripetere a casa mia il gioco dei prefissi, per superare la delusione scolastica.

Con l'aiuto del vocabolario, scrissi sui foglietti una buona manciata di prefissi e di parole.

Versai i prefissi nella scatola blu, le parole nella scatola rossa. Poi, con gesto sicuro, pescai.

Sorrisi, nel leggere la prima parola:

POSTPIRATA.

Ecco, era uscito un postpirata. Meglio, molto meglio di un quadrifoglio... Ma che cos'è un postpirata? "Post" significa "dopo", come ci aveva spiegato la maestra quella stessa mattina, "pirata" significa... lo sanno tutti. Un postpirata, quindi, è... è... un vecchio pirata? Un pirata in pensione?

Aprii il quaderno e sulla seconda pagina trascrissi in stampatello quella nuova parola, poi tolsi dal secondo cassetto la scatola con i colori e cominciai a disegnare il **POSTPIRATA**.

Non avevo ancora terminato il contorno, quando un suono secco, come di un sassolino che colpisse il vetro della finestra, mi distrasse.

Mi guardai intorno, ma non vidi nulla di insolito.

Ripresi il lavoro, ma dopo un istante dovetti nuovamente arrestarmi: una manciata di sassolini si era abbattuta come uno schiaffo sulla finestra.

Accipicchia, c'è proprio qualcuno, là fuori, qualcuno che chiama!

Chi poteva essere? Veniva giù una pioggia obliqua e fitta: chiunque fosse, si stava lavando.

Lasciai il quaderno e mi affacciai alla finestra: mi apparve una stramba figura, un omettino biondo dai lunghi capelli scarruffati. Era avvolto da un mantello nero e pesante, coperto da un cappellaccio piumato, e portava una grande valigia nera.

Lo osservai con molta curiosità e con una punta di inquietudine: se ne stava lì, proprio sotto la finestra, con l'indice alzato e l'espressione supplichevole di chi invoca un favore.

Schiusi la finestra e, sporgendomi, attesi in silenzio che parlasse. Lui non perse tempo.

– Chiedo perdono – mi disse, – avresti la squisita gentilezza di aprirmi il portoncino? Ho appena suonato, ma una signora piuttosto arrabbiata non ha voluto lasciarmi entrare.

La signora piuttosto arrabbiata era senza dubbio mia madre: che si fosse rifiutata di aprire la porta a un individuo tanto stravagante non mi meravigliò affatto. Ma lui chi era? Perché voleva entrare? Posai lo sguardo sulla grossa valigia e capii di aver di fronte, anzi sotto la fronte, un venditore ambulante. Con un sorriso un po' diffidente gli risposi:

– Scusa, chi cerchi?

– Cerco qualcuno che voglia acquistare alcuni rarissimi oggetti.

Stavo per domandargli che cose vendesse, quando dal corridoio mi raggiunse la voce della mamma.

– **Achille**, con chi stai parlando?

– Con nessuno, sto giocando da solo.

Mia madre bevve la bugia, perché non era affatto raro che durante il gioco io mi mettessi a parlare da solo, a voce alta.

– Io esco – aggiunse, – vado ai Magazzini. Mi raccomando, non aprire la porta a sconosciuti, guarda che ho visto brutte facce girare qui attorno.

– Va bene, mamma, va bene.

Sentii la porta di casa chiudersi con forza e un rapido ticchettio di tacchi echeggiò nell'atrio. L'ingresso del condominio era sull'altro lato della casa, e la mamma, uscendo, non avrebbe visto il venditore.

Lui era rimasto in silenzio per tutto il tempo del dialogo, e ora mi fissava più fiducioso di prima. Nonostante l'aspetto zingaresco, lo sconosciuto m'ispirava una curiosa simpatia, forse per quegli occhi di bambino, chiari come il mare, dentro i quali brillava una pupilla nera come la bandiera dei corsari.

Quanti anni poteva avere? Sedici, diciotto, ventidue? Non era facile attribuirgli un'età, e, ora che ci penso, non l'avrei mai saputo.

– Che cosa vendi? – gli domandai.

– Se mi apri il portoncino di casa posso farti vedere – mi rispose candidamente.

A queste parole risuonò dentro di me la *Prima Raccomandazione*:

**MAI APRIRE AGLI SCONOSCIUTI!**

Che fare? Ubbidire o disubbidire? Scrutai di nuovo il volto del venditore: l'acqua scendeva a rivoli dal suo cappellaccio nero, e gli inzuppava il mantello e le scarpe. Ma la faccia, la faccia era pulita, il sorriso amico e umile, lo sguardo gentile.

"Potrei aprirgli la porta" pensai, "mi sembra inoffensivo..."

E qui fui subito investito dalla *Seconda Raccomandazione*:

**Mai fidarsi delle apparenze!**

Lo guardavo negli occhi, e gli occhi erano buoni.

"Anche gli occhi fanno parte delle apparenze?" mi domandai, senza trovare risposta.

– Sarebbe bene che ti decidessi in fretta, perché, scusa la franchezza, ormai ho la canottiera bagnata e vorrei salvare almeno le mutande...

Pronunciò queste parole con garbo, senza alcuna ostilità, e furono parole decisive.

– D'accordo, ti apro il portoncino, fa' il giro di là.

Mentre attraversavo il corridoio, il mio cuore accelerava il suo ritmo, come un puledro che tutt'a un tratto si lanciasse in un folle galoppo: sapevo di disubbidire a ben due raccomandazioni, e vedevo oscillare sopra di me le facce deluse e minacciose dei miei genitori.

Prima di aprire passai dal salotto, afferrai un candelabro, e con quell'arma d'argento nella mano sinistra mi avvicinai alla porta di casa. Agganciai la catenella, aprii la porta per i dieci centimetri di spiraglio, e solo allora premetti l'interruttore.

Sentii aprirsi il portoncino dell'atrio, poi i passi lenti dell'uomo che saliva i gradini. Dopo un attimo di silenzio, lo sconosciuto dietro la porta sussurrò:

– Sono qui.

– Bene, ora puoi farmi vedere quello che vendi – risposi in fretta.

Mi ero già pentito di avergli permesso di entrare. La mia mano sinistra, stringendo il candelabro, sudava.

– Andremmo meglio se scostassi un po' di più la porta – obiettò l'omino con la solita gentilezza.

– Non si può, c'è la catena, e poi non posso aprire a nessuno.

– D'accordo, allora ti presenterò attraverso questa stretta fessura la più splendida collezione di oggetti pirateschi mai esistita.

Quella parola, "pirateschi", mi fece sussultare: ma che strana, formidabile coincidenza! Io stavo disegnando un postpirata e ora appare proprio un venditore di **OGGETTI PIRATESCHI**!

– Oplà, questa è la benda dell'occhio destro mancante del Corsaro Rosso! – esclamò con enfasi l'ambulante. E sulla fessura vidi apparire due mani che tendevano un nastro nero, al centro del quale penzolava una benda di pezza scura.

– Ellallà, ecco a voi l'uncino uncinato di Capitan Uncino, in versione originale, a tiratura limitata – proseguì. E nella luce del mio angusto palcoscenico spuntò un uncino arrugginito.

– Signore e Signori, le piume del cappello piumato di Capitan Sud! – disse ancora. E due piume polverose sventolarono davanti ai miei occhi.

Così, nel giro di dieci minuti vidi passare una scheggia lignea della stampella di Long John, una bottiglia vuota di Rum bevuta da Cane Nero, una bandiera nera d'origine malese, il manico di un pugnale barbaresco, una decina di francobolli timbrati dedicati alla pirateria, il disco a quarantacinque giri della serie televisiva "Sandokan", una manciata di conchiglie indonesiane...

C'erano pure un pezzo di corallo rosso, un cavalluccio marino, un sigaro probabilmente appartenuto a Yanez, una fibbia metallica di esotica provenienza e altro, altro ancora.

– Ebbene, ragazzo, hai notato qualcosa di interessante?

Ero un po' frastornato, ma dopo quella lunga e appassionata esibizione dovevo pur acquistare qualcosa.

– Le conchiglie, quanto costano le conchiglie?

– Offerta libera.

– Allora prendo quella a forma di ventaglio.

– Ottima scelta, giovanotto, scelta da intenditore!

Richiusi la porta, feci una corsa in camera mia, frugai nel sacchetto delle monete e ne raccolsi una mezza manciata, scegliendo tra quelle più piccole.

Tornai dal venditore e attraverso lo spiraglio versai i soldi nella sua mano, ricevendo in cambio la bella conchiglia.

– Affare fatto! – dichiarò, compiaciuto.

Prima che se ne andasse, però, dovevo assolutamente rivolgergli la domanda che dal primo momento mi ero posto.

– Scusa, scusami, volevo chiederti una cosa!

– Prego, dimmi pure!

– Scusa, tu sei... un postpirata?

Nell'udire quella parola, scoppiò in una fragorosa risata. Poi, affacciandosi per quanto possibile alla porta socchiusa, rispose:

– Sì, mi sembra una buona definizione. Sì, si può dire che io sia un postpirata.

– E dove abiti? Da dove vieni? – lo incalzai.

– Se vuoi, ti racconto la mia storia. Però qui non è tanto comodo, e poi non ci si può nemmeno guardare in faccia.

Effettivamente non era il modo migliore per dialogare ma, sebbene il postpirata suscitasse in me una fiducia sempre maggiore, preferii lasciarlo fuori.

– Se tu tornassi sotto la mia finestra, potremmo parlarci là – proposi.

– Ma piove! – protestò.

– No, mi sembra che abbia smesso.

– D'accordo, vada per la finestra!

Richiusi la porta, riposi il candelabro e di corsa andai ad affacciarmi alla finestra della camera, ansioso di ascoltare la storia del postpirata.

# Un inquilino in soffitta

Non pioveva più.

Nel cielo s'era stracciata la fitta trama dei nuvoloni, e i raggi del sole colpivano di nuovo i tetti e i muri delle case. La grondaia gorgheggiava allegramente proprio davanti ai piedi del postpirata, che era tornato sotto la finestra per narrarmi la sua storia.

Spalancai i vetri all'aria rinfrescata, e con il mento appoggiato sulle mani mi disposi all'ascolto. L'asfalto esalava un debole odore piovano.

– Per cominciare, potremmo presentarci – propose il venditore.

– Io mi chiamo Achille, – risposi prontamente, – e tu?

– Io sono **MARIANO**.

Rimasi un po' deluso: mi attendevo un nome leggendario, più misterioso, più agguerrito, un nome come Attila, Ivan, Igor, Kammammuri... Mariano: nome insolito per un pirata!

Lui forse capì la mia delusione e si affrettò a spiegarmi:

– I miei genitori desideravano ardentemente una femmina, e avevano pensato di chiamarla Marianna, come Lady Marianna. Poi però sono arrivato io, e così ho ricevuto questo nome.

– Anche i tuoi genitori sono postpirati?

– Loro abitano molto lontano da qui, sul Lago Blu. Gestiscono una pizzeria con terrazza sul lago, e l'hanno chiamata "Pizzeria del Pirata", perché la nostra famiglia discende da generazioni di pirati, così almeno è scritto nelle memorie di mio bisnonno Fortunato. Dovresti vederla, la pizzeria! Sembra di entrare in una antica taverna di un porto di mare: una sala è arredata come un vascello pirata, sulle pareti le vele, le bandiere, le reti, carte nautiche e poi spade, bombarde, archibugi, botti di rum e forzieri...

– Fantastico! – commentai io, già trascinato nell'atmosfera della pirateria.

– Sì, è fantastico, e fin da piccolo io sono cresciuto dentro questo covo di pirati sopravvissuto a pochi metri da un'autostrada e da un centro commerciale. Quand'ero bambino ascoltavo i racconti di mio nonno Domenico, il figlio di Fortunato, che mi parlava sempre del mare, del Mediterraneo. Lui non era un pirata, era solo un marinaio, ma aveva una passione sconfinata per il mare. Sapeva raccontare le sue storie così bene che quando cominciava a narrare io lo guardavo negli occhi e quegli occhi azzurri dopo due parole diventavano lo schermo di un televisore a colori, nel quale scorrevano misteri, tempeste, avventure e paesaggi incantevoli. E io bevevo, bevevo dai suoi occhi tutte quelle storie straordinarie.

– Oh, anche tu racconti bene! – esclamai, entusiasta.

– E allora capisci – continuò il postpirata – come sia nato in me il desiderio di partire e di venire al mare per imbarcarmi. Perché devi sapere che io non avevo mai visto il mare, e sono cresciuto sempre con questo desiderio, sognando l'azzurra distesa ad occhi aperti, ad occhi chiusi e persino con un occhio chiuso e l'altro aperto. Perciò, un giorno ho detto a mio padre: "Papà, io ho sempre lavorato qui per te, ho fatto il cameriere, il lavapiatti, il cassiere, il pizzaexpress e ultimamente anche l'aiuto pizzaiolo. Bene, ora vorrei realizzare il mio sogno, quello di andare al mare. Non voglio fare il marinaio come il nonno, ma una crociera, oh sì, una bella, incantevole crociera nel Mediterraneo, quella sì che la farei!" Mio padre ha riflettuto un minuto, poi mi ha risposto: "Figlio mio, ormai hai l'età per arrangiarti, perciò parti pure, non farti del male, torna presto e soprattutto non chiedermi il becco di un quattrino!"

– Cos'è il becco di un quattrino? – domandai.

– Voleva dire: "Non chiedermi neanche un centesimo". Così ho raccolto questi preziosi cimeli della pirateria, li ho messi in valigia con un po' di bagaglio e sono partito in autostop, lasciandomi dietro le lacrime e le raccomandazioni della mamma e della nonna: "Mariano, ricordati di non fare il bagno prima di aver digerito; devono passare tre ore! Non prendere tanto sole i primi giorni, e mettiti la crema abbronzante! E telefona, dopo le dieci di sera, che costa meno!"

– Anche a me fanno sempre tante raccomandazioni – commentai, comprensivo.

Il postpirata proseguì:

– Sono arrivato qui in città circa una settimana fa, in autostop. Era sera e c'era già buio, ma sono corso subito al porto, per vedere il mare. Non ho visto un granché, solo la nebbia e le sagome scure delle petroliere. Ero stanchissimo e mi sono addormentato su una panchina. Mi sono svegliato all'alba. Sono venuto in centro e mi sono informato sui prezzi di una crociera mediterranea presso tutte le agenzie di viaggi che ho trovato sull'elenco telefonico. Non ci crederai, ma costano un occhio della testa, perciò ho capito che la mia permanenza qui non sarà breve: per raccogliere il denaro sufficiente dovrò riuscire a vendere tutti i pezzi che porto nella valigia, compreso l'uncino di Capitan Uncino.

– E quanti ne hai venduti, finora?

– Beh, oggi ho venduto una conchiglia a forma di ventaglio...

– Lo so bene, l'ho comprata io! E a parte quella?

– A parte quella... non ho venduto altro.

Il postpirata tacque, e nel suo sguardo colsi un attimo di sconforto. Ripresi il discorso io, domandandogli:

– E adesso dove abiti?

– Proprio di questo volevo parlarti! Per mangiare e lavarmi ho trovato un ottimo posto qui vicino, la "Casa del Pellegrino" dei Padri Soccorrevoli, che non vogliono nemmeno soldi. Il cibo è buono e si può fare il bis, anche se non ci portano mai la frutta, che a me piace tanto. Il mio problema, però, è quello del dormire. Alla Casa del Pellegrino non c'è posto, e la panchina del porto non è tanto comoda: quando tira vento e il mare è grosso sembra di essere sulla coperta di una nave nel mezzo di una tempesta. La prima notte mi sono anche un po' divertito, ma adesso comincio ad avere troppo sonno, perché nel mezzo di una tempesta non si dorme. Ecco, volevo chiederti se magari conosci un posticino per dormire. Posso pagare, in conchiglie.

Mi fissò nuovamente, pieno di fiducia. Io scossi istintivamente la testa per dire di no, ma in verità, mentre lui parlava, avevo già pensato a una possibilità: la soffitta.

Oltre il terzo piano abitato dalla signora Luna, la scala interna del mio condominio proseguiva il suo giro fino a giungere davanti a una porticina di legno, grande poco più di un bambino e sempre chiusa. Di lì si accedeva alla **soffitta**, ripostiglio abbandonato dove non andava mai anima viva, perché i grandi non ci trovavano niente di interessante e i bambini del palazzo (cioè io) non ne avevano il permesso.

Un giorno però, aiutando la signora Luna a portare lassù uno scatolone pieno di vecchie riviste femminili, avevo visto che la chiave della porticina era nascosta sotto un vaso di terracotta messo lì, in un angolo del pianerottolo. Perciò, una volta rimasto solo, ero entrato in soffitta.

Io non sono affatto coraggioso, ma a volte la curiosità mi fa scordare tutte le paure.

La soffitta mi era apparsa in un primo momento priva di qualsiasi fascino: un locale basso, grezzo, le pareti spoglie interrotte da una sola finestra, e tanti, tanti pacchi di vecchi giornali buttati qua e là senza un ordine; sul tetto si apriva un'altra finestrella, che disegnava per terra un quadrato di luce.

Poi, alzandomi in punta di piedi, mi ero affacciato a quella finestrella e avevo sorriso: laggiù, oltre i tetti e i camini, oltre gli alberi, le ciminiere e le gru, laggiù scintillava un lembo di mare.

Sempre scuotendo la testa, risposi a Mariano:

– No, non saprei proprio dove potresti dormire, a meno che...

– A meno che? – ripeté lui, alzando il mento verso l'alto.

– A meno che non t'accontenti della soffitta.

– Oh, ma è magnifico! Una soffitta mi sembrerà la stiva di un vascello, ma senza gli spruzzi in faccia e senza il mal di mare.

– Ci sarà un po' di polvere...

– Non preoccuparti, vorrà dire che il pavimento sarà più morbido. Quando andiamo a vederla?

– Potremmo andare anche adesso. Anzi, è meglio che ci sbrighiamo, prima che ritorni mia madre.

Richiusi rapidamente la finestra e mi precipitai verso la porta di casa.

Aprii nuovamente il portoncino d'ingresso dell'atrio e cominciai a salire le scale con il postpirata.

Giunto al secondo piano, mi resi conto di avere ormai abbandonato ogni precauzione: avevo fatto entrare lo sconosciuto, lasciavo che salisse le scale alle mie spalle, e per di più non avevo portato armi con me.

Mi fermai un istante, girando lentamente la testa per osservare il pirata: se voleva tramortirmi con l'uncino di Capitan Uncino, quello sarebbe stato proprio il momento adatto!

Mariano, però, ansimava per la fatica di trascinare il grande valigione, era rosso e sudato in volto e, nell'incrociare il mio sguardo, sorrise con il più pacifico dei sorrisi. No, non c'era nulla da temere.

Con apprensione passammo davanti alla porta di casa della famiglia Sorpresa: là dentro, stranamente, tutto taceva. Bene, avanti.

Silenzio anche nell'appartamento della signora Luna, che a quell'ora era sicuramente al lavoro.

Salimmo ancora, fino a mettere piede sull'ultimo pianerottolo, dove trovai la chiave nascosta sotto il vaso di coccio.

– Non è un gran che, ti ripeto – dissi a Mariano prima di girare la chiave.

– Beh, a questo punto, con tutta la fatica che ho fatto, deve andare bene per forza! – mi rispose, il fiato ancora rotto.

La soffitta non era affatto cambiata dal giorno in cui l'avevo vista.

Forse questa volta mi faceva un po' meno paura, perché non ero solo. Il cuore, però, mi batteva forte lo stesso. In un angolo, dietro i pacchi di giornali, trovammo alcuni cartoni ammonticchiati, che Mariano scelse come materasso.

Io mi affrettai a mostrargli la finestrella che dava sul tetto:

– Da là puoi vedere il mare!

Mariano s'affacciò, e rimase a lungo in silenzio a contemplare quel panorama metropolitano e marino. Io vedevo il postpirata solo per tre quarti, per tutta la lunghezza del mantello, perché la sua testa usciva dalla finestrella, oltre il tetto. Quando la testa rientrò, aveva un sorriso celeste.

– Io ti avevo chiesto un posto letto – mi disse, – ma tu mi hai dato molto di più: una meravigliosa mansarda con vista sul mare!

A volte basta poco per accontentare le persone.

Mariano lasciò la valigia nella soffitta e scese con me, per poi andare alla Casa del Pellegrino dei Padri Soccorrevoli.

Dopo cena, come avevamo stabilito, lui lanciò un sassolino contro la finestra della mia camera, e io, senza farmi notare e senza uscire di casa, gli aprii il portoncino dell'atrio.

Al piano superiore, in quel momento, era in corso un'ordinaria, furiosa rissa tra la signora Sorpresa e le sue figlie, per cui nessuno poté percepire i passi furtivi di Mariano. Il pirata risaliva al buio la tromba delle scale contando i sessantaquattro gradini e cercando a tastoni la chiave sotto il vaso di coccio. Dentro la soffitta, poi, avrebbe acceso la torcia elettrica che portava con sé.

Mi addormentai tardi, quella sera: troppe immagini e troppi pensieri giravano intorno al mio letto! Sopra di me la famiglia Sorpresa, sopra la Sorpresa la Luna e sopra la Luna, sorpresa!, la testa di un pirata, che spuntava dal tetto e scrutava l'orizzonte per cercare, tra le luci della notte, il riflesso della luna sul mare.

# Il gioco continua

Mi svegliai ancora carico di sonno e uscii di casa spettinato, in ritardo sull'orario consueto. Scesi rapidamente le scale, ma fermai la mia corsa sulla soglia, dove la signora Luna stava animatamente parlando con la signora Sorpresa.

– Non voglio pensare agli spiriti o ai fantasmi perché io ci credo e non ci credo, ma i rumori, gli scricchiolii, i passi, quelli li ho sentiti davvero!

La Luna, pallida in volto, gli occhi cerchiati dall'insonnia, diceva queste parole alla signora Sorpresa, che scuoteva la testa dando segno di non credere affatto a quello che sentiva.

– Suvvia, Luna – gridò – non mi faccia questi discorsi! Sarà stato il vento o al massimo al massimo qualche topolino! Una bella camomilla, stanotte, e vedrà che i fantasmi spariranno tutti!

Non udii il seguito della conversazione, perché mi lanciai di gran carriera verso la scuola, per non arrivare in ritardo. Correndo, sentivo sobbalzare dietro di me lo zainetto pieno di libri e dentro di me un altro zainetto, pieno di pensieri.

Durante le prime due ore, dedicate alle scienze, prestai attenzione alle spiegazioni della maestra solo a metà.

Le parole della signora Luna mi avevano soffiato addosso uno sciame di preoccupazioni: che cosa sarebbe successo se avessero scoperto Mariano? Gli avrebbero dato una multa? Lo avrebbero messo in prigione? E io, come mi sarei giustificato? Mamma mia, che guaio! Speriamo che la camomilla della Luna, stasera, sia potente!

Un altro pensiero, poi, impegnava le mie riflessioni: il giorno prima la maestra ci aveva proposto il gioco dei prefissi, io avevo pescato un quadrifoglio, e poco dopo, per la prima volta in vita mia, avevo trovato un quadrifoglio vero!

Poi avevo provato a giocare da solo.

Dalle scatole era uscito un postpirata, che non sapevo nemmeno cosa fosse, e toh, mi era apparso un postpirata in carne e ossa!

Questi erano i fatti. Dovevo concludere che quel gioco avesse qualcosa di magico? L'unico modo per saperlo era riprovare: appena tornato a casa, avrei estratto la terza parola.

Verso le dieci e mezzo, dopo la ricreazione, la signora Cappello ci assegnò un tema in classe con questo titolo:

*L'estate prossima mi piacerebbe fare un viaggio...*

La parola "viaggio" ebbe il potere di cancellare tutte le mie distrazioni. Alzai la mano e chiesi:

– Scusi, maestra, si può parlare anche di una crociera?

– Certo, Achille, la crociera è un viaggio.

Bene, benissimo: avrei parlato di una crociera sul Mediterraneo!

Mi concentrai sull'azzurro della cartina geografica che pendeva davanti a me, e piano piano, come avviene talvolta all'inizio dei film, vidi affiorare in quell'azzurro un'isoletta rocciosa, battuta dall'onda del mare, e sull'isola un gregge di casupole bianche come pecorelle.

Scrissi il miglior tema della mia carriera elementare.

# TEMA

*L'estate prossima mi piacerebbe fare un viaggio...*

Nella mia famiglia si viaggia poco.

Solo una volta all'anno partiamo per le vacanze e andiamo sempre nello stesso posto, in montagna.

Mio papà dice che il mare lo vediamo tutto l'anno e quindi ci fa bene cambiare clima e prendere un po' d'aria di montagna.

Io sono sempre stato d'accordo con lui, ma negli ultimi giorni ho cambiato idea, perché adesso mi piacerebbe fare una crociera sul Mediterraneo.

Voi vi chiederete come mai mi sia venuta questa idea, e io vi risponderò che il merito è tutto di una persona. Sì, avete capito, il merito è tutto della mia maestra, che mi ha trasmesso la passione per la geografia, i mari, il Mediterraneo.

Mi piacerebbe partire dal porto della nostra città, non da solo, ma neanche con i miei genitori, per una volta. Partire con un amico, e passare le giornate sul ponte della nave, dove tira vento, e guardare i delfini che ci rincorrono e saltano, come ho visto nel documentario alla televisione, e buttare il pane secco ai delfini.

Mi piacerebbe salire sull'albero maestro della nave e gridare "terra", quando spuntano dal mare le terre lontane.

Mi piacerebbe fare il bagno tutti i giorni nella piscina della nave, tre ore dopo aver mangiato, e farlo anche nelle città dove si arriva, e restare in acqua tanto, fino a quando i polpastrelli diventano pieni di rughe.

Io mi immagino che il mare sia pulito e limpido, e che sotto ci siano i resti delle navi antiche affondate dai pirati.

Oggi pirati non ce ne sono più, ma forse c'è ancora qualche discendente dei pirati, forse, io però non l'ho mai visto.

Manderei una cartolina ai miei genitori e una anche alla mia maestra Cappello Carlotta.

Bufalini Achille

A volte, nei temi di scuola, si cerca di scrivere quello che può far piacere all'insegnante, e magari non si è del tutto sinceri. Sì, riconosco di aver inserito qualche mezza bugia, ma dovevo nascondere la verità su Mariano, che quel giorno aveva dormito nella soffitta e con i suoi passettini aveva terrorizzato la Luna.

Tornando a casa, trovai mia madre, ferma sulla strada, che dialogava proprio con la signora Luna.

– ...Passi e scricchiolii, e m'è sembrato di sentire anche uno starnuto! – le stava dicendo quest'ultima, e mi ci volle poco per capire quale fosse l'argomento.

Per fortuna la Luna non era presa molto sul serio nel nostro condominio!

– Suvvia, signora, saranno i gatti, oppure le tubature dell'acqua! Sentisse che schiocchi si sentono anche giù da noi, al primo piano!

– Sì, li sento anch'io! – mi affrettai ad aggiungere.

Mi fissarono entrambe con aria stupita, come per dire: "E tu cosa c'entri?"

Ricambiai con un sorriso di circostanza e

continuai la mia strada, a passi lenti e orecchie tese.

– Una bella tisana e vedrà che stanotte dormirà tranquilla! – concluse la mia mamma.

Dopo aver mangiato, mi rifugiai subito in camera: dovevo procedere all'estrazione della terza parola, ma prima terminai il disegno del postpirata, che avevo lasciato a metà. Ora sapevo come disegnarlo: chiusi gli occhi e richiamai dalla memoria la figura di Mariano, che mi apparve subito nitida e felice. Dal tratto a matita passai ai pastelli colorati, e in pochi minuti conclusi il lavoro.

Ecco, il mio quaderno ora aveva un quadrifoglio e un **POSTPIRATA**. Tra poco, signore e signori, avrei conosciuto la terza parola.

Mi accomodai di fronte alle due scatole del caffè, alla mia sinistra quella blu e alla destra quella rossa. Chiusi gli occhi ed estrassi i due bigliettini.

Lessi prima il prefisso: **MEGA**.

Mega! Sapevo che significa *grande, grandissimo*.

"Se fosse uscito ieri" pensai, al posto di un postpirata ora ci sarebbe un megapirata!"

Passai dunque al secondo foglietto: MELA.

Ottimo, ho pescato una megamela!

Una megamela sarà una mela grande, più grande, grandissima...

Così, immaginando mele gigantesche, iniziai a tratteggiare sulla terza facciata del quaderno il contorno di quel frutto straordinario. Una mela rossa come il sole del tramonto riempì la pagina intera.

# Un super omaggio promozionale

Quando squillò il campanello erano ormai le cinque del pomeriggio e io mi stavo concentrando su un problema di geometria.

– Sì? – domandai al citofono.

– Consegna! – mi rispose un vocione baritonale. – A che piano è?

– Qui, al primo.

Aprii il portoncino e uscii sul pianerottolo: un omone alto e muscoloso saliva a stento la breve rampa di scale. Teneva tra le braccia un sacco di juta pieno di qualcosa di voluminoso e pesante, a giudicare dallo spessore delle vene del suo collo. Posò il sacco ai miei piedi, accompagnando il gesto con un sospirone.

– Cosa c'è, qui dentro, piombo? – mi domandò, asciugandosi la fronte.

– Non lo so – risposi, anche se in verità dentro di me avevo un sospetto.

– Achille Bufalini chi è? – domandò ancora l'energumeno.

Sussultai.

– A... Achille sono io.

– Allora devi firmare qui.

Mi porse un libretto e una penna biro, e mi indicò la casella dove apporre la firma.

– Devo firmare proprio io? – gli chiesi, stupito di poter compiere un'operazione così importante.

– Achille Bufalini chi è? – ripeté l'uomo, leggermente spazientito.

– Sono io.

– Allora firma, così me ne vado.

Scrissi il mio nome con grafia tremolante, e ringraziai il fattorino, ma sarebbe più giusto dire il fattorone, che se ne andò borbottando.

Mi ritrovai a tu per tu con il sacco, ancora fuori dalla porta di casa. C'era una busta con il mio nome e l'indirizzo; la aprii e ne trassi un biglietto, su cui erano stampate queste parole:

Gentile Signore,
siamo lieti di inviarLe
il presente omaggio promozionale
e di augurarLe buon appetito
con i nostri megafrutti!

LA MEGAFRUIT COMPANY

Girai il biglietto dall'altra parte e lessi:

Attenzione, merce deperibile!

Nient'altro, non c'era scritto nient'altro. Per capirci qualcosa non mi restava che guardare dentro il sacco.

Senz'altro indugio sciolsi lo spago: in un attimo apparve davanti ai miei occhi una mela grande come una botticella e rossa come il Chianti. Mi sentivo ubriaco di emozione.

Provai ad alzarla: mi chinai, la cinsi con le braccia e produssi uno sforzo tremendo quanto inutile. Riuscivo a malapena a staccarla da terra, ma non sarei stato capace di fare nemmeno un passo. Meglio rinunciare. Con una spinta provai allora a farla rotolare, e la **MEGAMELA** rotolò.

Non fu facile giungere in camera perché la mela, girando, scappava a destra e a sinistra, ma in cinque minuti portai a termine l'impresa.

La collocai al centro della stanza: era una gran bella mela, di un rosso intenso, punteggiato però di gocce dorate, che mi fecero pensare al mantello di un re, ricamato di porpora e oro. Non aveva il picciolo, e forse era meglio così, perché avrebbe reso più difficile ogni spostamento.

Davvero una mela smagliante e perfetta! C'era solo una minuscola macchiolina marroncina, che notai dopo qualche minuto di contemplazione. Minuscola, però, non c'era da preoccuparsi.

Fui subito conquistato dall'idea di regalare la megamela a Mariano, che amava la frutta ma alla Casa del Pellegrino mangiava solo sfogliatine. Oh, sarebbe stata una bella sorpresa per il postpirata! Infilai la mela nel sacco, la nascosi a fatica nell'armadio, sotto una coperta, e attesi la sera.

La sera era sopraggiunta ormai da un pezzo, ma Mariano non si vedeva. Stanco di aspettare il tocco del sassolino sul vetro, aprii la finestra e mi affacciai al buio del retro condominio.

– Ahia! – gridai, colpito in piena fronte.

– Oh, scusa, non ti avevo visto! – sussurrò Mariano, uscendo dall'oscurità e avvicinandosi alla finestra. – Ti ho fatto male?

– Stavo meglio prima – risposi, un po' impermalito.

– Scusa, Achille, oggi non me ne va bene una – aggiunse il mio amico. Aveva una voce fioca e gonfia di malinconia.

Dimenticai la sassata e mi occupai di lui.

– Che cosa ti è successo?

– Niente, non mi è successo proprio niente: ho girato per cento vie, mille case, diecimila famiglie, ma niente, non ho venduto niente, neanche mezza conchiglia! Di questo passo non ce la farò mai. Addio, addio Mediterraneo...

Ora la sua voce era rotta dai singhiozzi, e ad ogni suo singhiozzo il mio cuore si stringeva. Io, però, avevo una sorpresa per lui.

– Ascolta, ho un regalo per te.

– Per me? Dici davvero? – fece lui, rianimandosi un po'.

– Sì, per te, vedrai che ti piacerà. Hai mangiato frutta, stasera?

– No, sfogliatine.

– Vedrai che ti piacerà.

Per prudenza e per comodità, Mariano aveva lasciato la valigia alla Casa del Pellegrino. Salì dalla finestra con l'agilità del pirata che s'arrampica sulle griselle. Appena fu in camera, gli mostrai il sacco di juta, senza però rivelargli il contenuto. Volevo prima portare la megamela in soffitta, per metterla al sicuro.

L'impresa non era delle più facili: dovevamo uscire di casa, in due, con il megafrutto, passando inosservati davanti ai miei genitori. Il papà e la mamma si erano piazzati sulle poltrone davanti alla tivù, e per nulla al mondo si sarebbero mossi. Quella sera, poi, c'era il *Superquiz,* e il potere calamitante dello schermo si moltiplicava.

Sì, era rischioso, ma potevamo tentare.

– Mamma, dov'è il libro dei minerali? – domandai affacciandomi sulla soglia del salotto.

– Achille, ma che domande fai? Lo sai benissimo che è in cantina!

– Silenzio! – ordinò il papà.

– Mamma, vai tu per favore in cantina a prendermelo? Mi serve per una ricerca di scuola!

– Ma sentilo, il Signorino! Non puoi andarci tu, con le tue gambe? – mi rispose la mamma dalla poltrona, piuttosto indispettita.

– Silenzio! – tuonò il papà, alzando il volume della sua voce e quello della televisione.

– Allora vado io... – sussurrai, – e vi chiudo la porta, per non disturbare...

Via libera! Tornai in camera, e sottovoce spiegai a Mariano il mio piano.

Sollevammo il sacco con la megamela e ci incamminammo lungo il corridoio. Il mio cuore divenne tamburo e poi grancassa.

– Se pesa! – mormorò Mariano. – Cosa c'è, piombo?

– Ssss...!

Ora si trattava di passare davanti alla porta, chiusa, del salotto, oltre la quale c'era l'uscio di casa.

Con un cenno intimai al postpirata di fermarsi e di appoggiare a terra il sacco. Mi affacciai quindi nuovamente in salotto e sorridendo comunicai:

– Beh, ciao,... io vado a prendere il libro...

– Insomma, vuoi lasciarci in pace o no, tu e quell'accidenti di libro?!

Richiusi la porta rapidamente, tremante nelle vene e nei polsi. Mariano mi fissava sbigottito, con l'espressione di chi è pronto a gettarsi in mare pur di sottrarsi all'arrembaggio dei pirati.

– Tutto a posto! – lo rassicurai. – Possiamo proseguire.

Ogni gradino una goccia di sudore.

Silenziosamente, salivamo verso la soffitta, scambiandoci parole di conforto. Sui pianerottoli adagiavamo il peso per riprendere fiato, ma mai per molto tempo, per il timore di essere visti da qualcuno.

– Sono proprio curioso di sapere cosa c'è qui

dentro! – riuscì a biascicare Mariano nel giro di qualche scalino. – Proprio curioso!

– Vedrai, vedrai! Non puoi nemmeno immaginartelo!

Conquistammo la cima senza incidenti, benché stremati.

Come entrammo nella soffitta, il postpirata si preoccupò di far luce sul nostro pesante fardello e accese la sua torcia elettrica.

– Si può aprire il sacco, adesso? – domandò ansante.

– Prego, è tutto tuo!

Mariano restò di marmellata nell'illuminare quel frutto gigantesco che gettava un'ombra spaventosa sulle basse pareti della soffitta.

– Sembra una mela! – esclamò.

– Sì, è una mela, anzi una megamela! – precisai.

Mariano scrutava attentamente quell'insolito frutto fuori misura, e io gongolavo nel vedere l'effetto che la mia sorpresa faceva sul postpirata.

– Come l'hai avuta? – mi chiese.

– È arrivata oggi, per posta. Non so perché proprio a me. È una promozione pubblicitaria. Ho subito pensato a te: finalmente potrai mangiare tutta la frutta che vorrai! – gli dissi, battendogli una mano sulla spalla.

– Sei davvero gentile – mi rispose, – e ne sono commosso. Purtroppo, però, la mela rossa è l'unico frutto che io non posso mangiare!

Sentii una fitta allo stomaco.

– Perché? – gli domandai.

– Il mio paese è famoso per la produzione delle mele rosse, le esporta in tutto il mondo. Ogni anno si tiene la mostra delle mele migliori e viene nominato un assaggiatore, che deve scegliere la mela più buona. L'anno scorso è toccato a me: ho dovuto assaggiare quattrocento mele rosse, e alla fine mi sono risvegliato al Pronto Soccorso. Da allora non riesco più ad assaggiare neanche un pezzetto di mela rossa. Mi dispiace, ma è più forte di me!

– Pazienza – borbottai, cercando di mascherare la mia delusione, – in ogni caso non abbiamo fatto tutta questa fatica per niente, perché non potevo tenere la mela nell'armadio.

– Certo che è proprio una gran bella mela! – continuò Mariano, che non toglieva lo sguardo dal frutto. Poi soggiunse:

– Qui, però, c'è una macchiolina.

Diedi un'occhiata a quella macchiolina che avevo già visto, ma ora, strano, mi sembrava un po' più grande.

– Forse per la luce della torcia!... Ora devo proprio andare – sussurrai infine.

– Mi raccomando: non fare troppo rumore, perché la signora che abita qui sotto si è un po' insospettita.

– Stai tranquillo, Achille.

A passi felpati uscii dalla soffitta e mi precipitai in cantina per prelevare l'inutile, preziosissimo libro dei minerali.

# Una meteorite dalla soffitta

L'indomani, uscendo di casa per recarmi a scuola, trovai di nuovo la signora Luna ferma nel giardinetto con la signora Sorpresa.

– ...un odore strano, anzi, una puzza...

Riuscii ad afferrare solo questo scampolo di conversazione e un pezzo di risposta:

– Via, signora Luna, sarà la fognatura! Succede sempre quando cambia il tempo...

Lì per lì non diedi molto peso a quelle frasi, che lasciarono però dentro di me una punta di inquietudine.

Quando a mezzogiorno ritornai a casa da scuola, incontrai nuovamente la signora Luna, che chiacchierava questa volta con mia madre. Salutai garbatamente e m'infilai tra le due donne, mentre la mamma diceva:

– Oh, signora Luna, saranno gli effluvi del porto! Qualche sera arrivano certi profumi...

Il significato di quei discorsi mi si chiarì, ahimé, nel primo pomeriggio, quando inaspettatamente Mariano si fece vivo, con il solito segnale. Aveva un'espressione preoccupata.

– Che cosa è successo? – gli domandai.

– Devi venire in soffitta a vedere! – mi rispose.

– La megamela?

– Sì, la megamela.

Mentre salivo le scale del condominio scrutavo la faccia del mio amico, che avanzava in silenzio, il suo solito sorriso offuscato da un'ombra.

Che cosa poteva essere accaduto?

Lo scoprii subito, appena la porticina della soffitta, cigolando, ci fece entrare: un nugolo di moscerini volteggiava attorno alla mela, e un odore aspro, pungente e dolciastro impregnava l'intero locale.

– Ti ricordi quella macchiolina? – esordì Mariano. – Bene, è diventata grandicella...

Non sapevo se avvicinarmi o meno al sacco:

volevo vedere fino a che punto la mela fosse marcita, ma la puzza e la nuvola di moscerini mi tenevano lontano.

– L'hai guardata? – chiesi allora a Mariano.

– C'è poco da vedere: è tutto un gran marciume!

– Quando ti sei accorto?

– Stanotte ho avuto un incubo: ho sognato di essere nuovamente l'assaggiatore della mostra di mele, ma le mele erano gigantesche e avevano uno strano gusto. E anche un odore insopportabile, simile a questo, tanto che mi ha svegliato. Era l'alba, ho visto quell'orda di moscerini e ho capito che nel mio sogno c'era una fetta di verità.

Bisognava portare via la mela, perché Mariano non poteva dormire con quella compagnia e perché la signora Luna cominciava ad annusare qualcosa. Ma come?

– La portiamo giù per le scale? – propose Mariano.

L'idea di affrontare la discesa non mi piaceva, non solo per la fatica, ma soprattutto per il rischio di incontrare qualcuno: con quali parole avrei poi spiegato la presenza di un pirata, di una mela marcia e gigantesca, di una nuvola di moscerini? E se fossimo inciampati? Se la mela ci fosse scivolata? No no, si doveva cercare una soluzione diversa.

– Hai qualche altra idea? – domandai senza molte speranze al mio amico.

Lui si girò, lentamente, a fissare la finestra che si apriva sulla parete della soffitta.

– Beh, di là ci passerebbe... ho misurato.

– Sei matto? – replicai, allibito. – Vuoi mollarla in testa a qualcuno?

– Vai a guardare – mi rispose, senza scomporsi.

Andai ad affacciarmi alla finestra per vedere dove sarebbe finita la mela se noi, per ipotesi, l'avessimo lasciata cadere.

No, in effetti non c'era il pericolo di ammazzare un povero passante, perché la finestra dava proprio sul poggioletto della signora Luna.

Vincendo un certo disgusto, ci accostammo alla megamela, mulinando le braccia per allontanare la nuvola di insetti.

– Uno, due... tre!

Rinnovando la fatica del giorno prima afferrammo il sacco e trasportammo la mela sotto la finestrella. La posammo per riposarci un istante, e io mi sporsi un po' per controllare la situazione: tutto a posto, non c'era nessuno. Il mare, in lontananza, liberava bianchi cavalloni.

Sollevammo la megamela fino all'altezza della finestra. Per lo sforzo, vidi il viso di Mariano imporporarsi, e sentii salire sulla mia faccia il calore del fuoco.

– Okay, molla! – gridò il postpirata, e io mollai.

Quella mattina, a scuola, la maestra ci aveva parlato della superficie lunare, che è ricoperta di crateri per un bombardamento di meteoriti... Ecco, la mela piombò sul terrazzo della Luna (la signora Luna) con la pesantezza di una meteorite e con un tonfo sordo che fece tremare la ringhiera. Per fortuna non s'aprì alcun cratere, né vidi crepe o cedimenti. Il grande frutto avvolto nel sacco di juta si assestò in perfetto equilibrio dopo un leggero rollio. Io e Mariano ci guardammo, moderatamente soddisfatti.

– Ora è meglio svignarcela! – proposi.

– Posso venire a casa tua a lavarmi le mani? – mi chiese Mariano, mostrandomi i palmi insudiciati.

– Vieni, vieni pure – risposi, sapendo che mia madre sarebbe tornata solo un'ora più tardi. – Devo anche dirti una cosa importante.

Sì, avevo deciso di confidare a Mariano il segreto del mio gioco. Perciò, lavate le mani, lo invitai in camera, dove gli raccontai tutto quello che mi era accaduto dal momento in cui la maestra era entrata in classe con uno strano sorriso.

Mariano mi ascoltò in silenzio, senza dare segno di incredulità. L'espressione del suo volto mostrava invece un acceso interesse, che cresceva ad ogni mia parola.

– Portentoso! – esclamò alla fine. – Possiamo provare?

A dire il vero, non ero sicuro di voler tentare nuovamente la sorte: quella mela gigantesca, che pesava sul poggiolo del terzo piano, e sulla mia coscienza, aveva un po' appiattito i miei entusiasmi.

La mia curiosità, tuttavia, non era così fragile da soffocare sotto il peso di un frutto. Così preparai le famose scatole del caffè e chiesi a Mariano di pescare il primo biglietto. Il postpirata eseguì, e saltò fuori il prefisso CONTRO.

Ora toccava a me. Velocemente, tolsi dalla scatola rossa il secondo foglietto: TELEVISIONE.

– Che cos'è una controtelevisione? – domandò divertito il mio amico.

– Non ne ho idea, ma forse lo scopriremo presto – risposi.

– Avete una televisione? – chiese ancora Mariano.

– Sì, è di là, in salotto.

– Andiamo a vedere?

Senza perdere tempo ci recammo in salotto, dove accesi la tivù: scoprimmo così che cos'è una **controtelevisione**.

# Voci altissime e visi infuocati

Seduti sulle larghe poltrone foderate d'azzurro, fissavamo l'immagine che andava formandosi sullo schermo.

Sul primo canale apparvero tre ragazzi, spaparanzati sul divano, gli sguardi puntati verso di noi. Tacevano tutti e tre, con l'espressione vagamente inebetita. Dopo qualche secondo, il più grosso dei tre, che ogni tanto nella bocca semiaperta buttava una patatina, bofonchiò:

– Che è, Carnevale?

– Boh, sarà un telefilm sui pirati! – aggiunse quello che gli era seduto a fianco, un tipetto piccolo e magro.

– Che fanno, non parlano? – continuò il Grosso.

– Bah, prova ad alzare – fece il terzo, tutto lentiggini e capelli rossi.

Io e Mariano ci guardammo silenziosi, cercando di capirci qualcosa; e qualcosa cominciavo a capire.

Il Grosso puntò contro di noi il telecomando e con quello armeggiò.

– Scemo! – gridò il Rosso. – Quello è il tasto del colore!

In quel momento mi voltai verso Mariano e accadde una cosa impensabile: la sua faccia si fece pallida come l'abito di un fantasma, poi rossa come la buccia della megamela! I suoi vestiti divennero prima tutti bianchi e neri, come l'abito di Pierrot, poi s'accesero di stracarichi colori!

Aprii la bocca per parlare, ma non riuscii a spiaccicare parola, e restai così, a bocca aperta.

– Allora il volume è questo – disse il Grosso.

Fu proprio in quel frangente che Mariano gridò:

– ACHILLE!

– MARIANO! – risposi io, prima spaventato dal suo grido crescente, poi terrorizzato dal volume della mia stessa voce.

– Abbassa! – brontolò il Rosso.

– Cambia canale! – biascicò il Piccoletto.

– SPEGNI! – ululò Mariano.

Prontamente, prima che il Grosso toccasse nuovamente il telecomando, spensi il televisore.

Osservai nuovamente Mariano e trovai nel suo sguardo il mio stesso stupore. Balzai dal divano, corsi davanti allo specchio e mi guardai: il mio viso era rosso come il fuoco, i miei abiti sembravano appena usciti dalla pubblicità di un detersivo *"che liquida le macchie ma rispetta i colori"*! La maglia paglierina, da tempo sbiadita a forza di lavaggi, era diventata gialla come il sole di mezzogiorno; i miei blu jeans scoloriti brillavano come il mare all'orizzonte.

Avete capito che cos'è la controtelevisione? È una televisione all'incontrario, i cui personaggi ci possono vedere e telecomandare. Azionando i tasti del volume e del colore, quei tre ragazzotti ci avevano ridotti così, con le voci altissime e i visi infuocati. Ma cosa sarebbe successo se il Grosso avesse cambiato canale? Sarebbero scomparsi loro o saremmo scomparsi noi?

– MAMMA MIA, CHE FACCE! – gridò allora Mariano, affiancandomi dinanzi allo specchio.

– NON RIESCI A PARLARE A VOCE PIÙ BASSA? – sussurrai (si fa per dire) io.

– POSSO PROVARE... – mi rispose, cercando di controllare il volume di voce.

Per qualche minuto restammo immobili di fronte allo specchio, abbacinati dalle nostre nuove, improvvise abbronzature. Poi qualcosa ci smosse e ci fece sobbalzare: un grido, un grido altissimo e femminile, proveniente questa volta dal giardino.

– Aaaaaaah!

Mi precipitai alla finestra frastornato: la controtelevisione aveva forse colpito ancora? No, la televisione non c'entrava, era solo la signora Sorpresa che fissava sbalordita il suo terrazzo, perché una strana cascatella di liquido chiaretto e colloso scendeva dal piano superiore, imbrattando la biancheria distesa ad asciugare.

Dalla finestra non riuscivo a scorgere la fonte di quella colata, ma non mi era difficile immaginarla! Vedevo e sentivo però lo stormo di gabbiani che volteggiava proprio intorno al poggiolo del terzo piano.

– CHE COSA È STATO? CHI HA GRIDATO? – mi chiese Mariano, che evitava di affacciarsi alla finestra per non essere visto.

– CREDO CHE ABBIANO SCOPERTO LA MEGAMELA!

– È pazza, è pazza, l'ho sempre detto che è

pazza! – singhiozzava nel frattempo la signora Sorpresa, riferendosi naturalmente alla povera Luna. – Io la denuncio, la faccio rinchiudere, la faccio fucilare...

E nuovamente un urlo femminile, acutissimo, si levò dalla strada.

– Aaaaaaah!

– CHE SUCCEDE? – mi domandò ancora Mariano.

Come un appassionato radiocronista, continuai il mio racconto:

– È ARRIVATA LA SIGNORA LUNA. È LÌ SULLA STRADA, STA GUARDANDO IL SUO POGGIOLO. ORA LA SIGNORA SORPRESA SI GETTA SU DI LEI... VOLANO PAROLE, VOLA LA BORSETTA, VOLA UNO SCHIAFFO, SI PRENDONO PER I CAPELLI, ACCORRONO LE FIGLIE DELLA SIGNORA SORPRESA... ECCO, LE HANNO DIVISE... QUALCHE INSULTO, SINGHIOZZI, FINE DEL COMBATTIMENTO. RACCOLGONO I PEZZI.

– CHE GUAIO! FORSE È MEGLIO CHE IO ME NE VADA! – sospirò il postpirata, visibilmente sconcertato.

– SÌ, È MEGLIO, ANCHE PERCHÉ STA ARRIVANDO MIA MADRE!

– TUA MADRE? HA VISTO LA MELA? – domandò Mariano.

– NO, STA CERCANDO DI PARLARE CON LE DUE SIGNORE, CHE SONO ANCORA MOLTO AGITATE. ADESSO GUARDA VERSO L'ALTO... ECCO, HA VISTO LA MEGAMELA!

– NON URLA, COME LE ALTRE?

– NO. È RIMASTA SENZA FIATO. ORA SI STA RIPRENDENDO, CHIEDE SPIEGAZIONI. PARLOTTANO. GUARDANO IL CIELO. LA LUNA GIURA CHE NON NE SA NIENTE. MIA MADRE SCUOTE LA TESTA. RIPRENDE A PARLARE. ORA VIENE VERSO CASA. È MEGLIO CHE TU SPARISCA. ESCI DALLA FINESTRA DELLA MIA CAMERA!

Mentre Mariano si dileguava, sentii i passi veloci della mamma che saliva la breve rampa di scale e si arrestava dinanzi alla porta di casa. La chiave entrò nella toppa e fece scattare la serratura. Tra pochi istanti le sarei stato di fronte. Che cosa avrebbe detto, che cosa avrebbe fatto, vedendo la mia faccia?

– Achille? – chiamò la mamma.

– SÌ, MAMMA, SONO QUI! – risposi io, sforzandomi di parlare piano.

– Non gridare, Achille, per favore! Ho già sentito troppi urli.

Mia madre entrò in sala, posò la borsetta sul tavolo, poi mi guardò in faccia.

– Aaaaaaah!

# L'iperesposizione televisiva

Al Pronto Soccorso dell'ospedale s'interessarono con molta curiosità al mio strano caso.

Sebbene non soffrissi affatto, mi fecero passare davanti a tutti i malati in attesa, mi sdraiarono su un lettino e mi sottoposero a una serie di analisi. Chiamarono il pediatra, l'otorinolaringoiatra, il dermatologo, lo psichiatra e qualche altro luminare. Infine decisero di tenermi una notte in osservazione e con un calmante mi diedero la buonanotte.

Il calmante, in verità, sarebbe servito più a mia madre, che vedendomi in quello stato era diventata pallida come uno straccio e aveva quasi perso la parola: vicino alla mia faccia rossa e alla mia voce tenorile faceva davvero un'impressione spettrale.

Nel colloquio a cui mi sottoposero accennai alla televisione, spiegando che quegli strani cambiamenti s'erano verificati proprio mentre mi trovavo davanti allo schermo.

Lo psichiatra allora parlò di "*Assuefazione da iperesposizione televisiva, aggravata dall'identificazione del soggetto con il tubo catodico*".

Né io né mia madre ci capimmo un tubo, ma più tardi ci spiegarono che, insomma, i bambini di oggi rimangono troppo tempo incollati davanti alla televisione, e queste sono le conseguenze.

Ascoltando quella spiegazione mia madre sussultò, probabilmente pensando che lei e il papà trascorrevano molto più tempo dei bambini a guardare la tivù. Cercò subito uno specchio e si rasserenò vedendo che il suo viso era ancora bianco e malaticcio.

La mattina seguente mi mandarono a casa.

Non si può dire che io fossi guarito, nel senso che la mia voce e la mia abbronzatura non si erano normalizzate. Io però mi sentivo bene e con qualche difficoltà avevo imparato a controllare un po' il volume di voce. Mi prescrissero una cura di vitamine e mi ordinarono di rimanere a riposo per qualche giorno: niente scuola e divieto assoluto di esporsi ai raggi del sole e di avvicinarsi alla tivù.

Il mio televisore, del resto, era stato messo fuori uso la sera prima dal papà, che voleva vedere un film western ma, non riuscendo a sintonizzarsi, aveva assestato qualche "leggera" botta all'apparecchio. Al terzo pugno la tele era crollata.

Appena sceso dall'automobile, alzai gli occhi verso il poggiolo del terzo piano e vidi che la mela non c'era più; chissà come aveva fatto la povera Luna a disfarsi tanto in fretta di quell'ingombrante regalo piovuto dal cielo!

Era una bella giornata di sole, la primavera trionfava sugli alberi in fiore e tra le lenzuola distese ad asciugare.

Mia madre mi porse la grande busta giallognola contenente le lastre a raggi X e le analisi dell'ospedale.

– Riparati con questa! – mi disse, e mi afferrò per un braccio, per condurmi verso casa.

Come il delinquente che davanti alle telecamere si copre il viso per non essere riconosciuto, afferrai la busta e nascosi al sole la mia faccia rubiconda.

Incominciò così la mia convalescenza.

Inizialmente ero contento di saltare qualche giorno di scuola, ma la mia gioia svanì ben presto. Non potevo uscire né affacciarmi alla finestra fino a sera; la televisione mi era stata proibita e per di più non funzionava; i miei amici e i miei compagni di scuola non si facevano vedere perché le loro mamme temevano che quella specie di rosolia potesse essere contagiosa; infine non avevo più notizie di Mariano.

Così, sebbene non avessi alcun disturbo, né sentissi il minimo dolorino, ben presto indossai pigiama e pantofole e m'infilai nel letto. Ad ogni ora mi misuravo la febbre, che non saliva, non saliva mai. Insomma diventai malinconico ed entrai nella parte del malato.

Dal mio letto vedevo la scrivania, e sulla scrivania le due scatole, quella blu e quella rossa, apparentemente innocue, sempre colme di bigliettini.

"No, no, basta, basta, ho passato troppi guai a causa di quel gioco! No, basta, non ci casco più!" dicevo tra me.

Ero convinto di quel che pensavo, ne ero davvero convinto, ma tanta convinzione non sarebbe durata a lungo.

Passò così il primo giorno, e poi il secondo e venne il terzo.

Del postpirata nessuna notizia, le ore uguali l'una all'altra, lunghe come le ombre della sera.

L'unica visita che ricevetti fu quella della gentile signora Luna, che venne verso l'ora di pranzo. Ero seduto sul mio letto, quando sentii una vigorosa scampanellata, a cui seguì questo dialogo:

– Venga, venga avanti, signora!

– Permesso? Ho portato qualcosa per l'ammalato!

– Oh, che gentile! Ma non doveva disturbarsi... Venga, è di qua...

La signora Luna si presentò con un sorriso alla crema e una bella fetta di torta tra le mani, avvolta da un tovagliolino.

– Come sta oggi il malatino? – cinguettò.

– Be...bene, g...grazie! – farfugliai, imbarazzato.

No, la Luna non aveva alcun sospetto su di me per il fatto della megamela. Mi guardava con occhi teneri e materni, pieni solo di bontà, ma la torta, la torta era una crostata di mele.

“Da dove viene la frutta di questa bella torta?” mi domandai. “No, no, impossibile!... Eppure anche la mia mamma, quando vede che le mele stanno guastandosi, dice sempre che dovrà fare una macedonia o una torta! No, no, impossibile...”

Per fortuna se ne andarono via subito, senza attendere che assaggiassi il dolce, e si spostarono in cucina, dove la mamma preparò all'ospite una tazza di caffè. Parlavano tra loro a voce alta e squillante, e le loro parole giungevano chiare fino a me.

– Io ormai ho paura, dentro quella soffitta succedono fatti strani, davvero strani... – disse la Luna.

– Suvvia, signora, non mi faccia questi discorsi, lo sa bene che lassù non c'è niente, solo tanti pacchi di giornali! – replicò seccamente mia madre, mentre la caffettiera borbottava.

– I giornali, appunto – insistette la Luna. – Io credo che ci sia qualcuno che s'è fatto il nido in mezzo a quei giornali! Non voglio parlare di spiriti perché io ci credo e non ci credo, ma tutti quei giornali, secondo me, attirano i topi, le tarme e le cimici, per non parlare degli spiriti, anche se ci credo e non ci credo...

– Senza offesa, signora, lei deve farsi una bella curetta, magari alle terme, o in montagna, una bella vacanza in santa pace e vedrà che al ritorno ci riderà sopra!

– Oh, potrebbe essere un'idea! Intanto, però, vorrei dare una ripulita alla soffitta; stasera telefonerò a quelle ditte che fanno gli sgomberi... Saranno anche fissazioni, ma quando porteranno via tutto e daranno una bella disinfettata io mi sentirò più tranquilla.

Ci fu quindi un momento di silenzio: probabilmente le signore sorseggiavano il caffè. Poi sentii il lamento sofferente di una sedia, e capii che la signora Luna se ne stava andando.

– Achille, vieni a salutare! – ordinò mia madre.

Io corsi di là e ringraziai garbatamente la signora Luna per il pensiero.

– Grazie, era davvero squisita! – mormorai.

– Sono contento che ti sia piaciuta, te ne porterò ancora! – rispose la signora.

– Oh, no, non si disturbi!

Non sapeva che un minuto prima un fagottino lanciato dalla mia finestra aveva felicemente centrato l'apertura del bidone della spazzatura.

Il sole del pomeriggio continuava indisturbato a rotolare sulla libera pista del cielo. Nemmeno una nuvola che facesse sperare in un peggioramento del tempo, nemmeno un soffio di vento: per il terzo giorno consecutivo sarei rimasto a casa.

Verso le cinque decisi di riesumare dal baule la mia scatola di soldatini, che da un paio d'anni non vedeva la luce.

Scelsi di giocare con l'esercito degli Austriaci e l'armata napoleonica. I primi erano vestiti di grigio e avevano cappelli cilindrici e baionette; i secondi portavano una divisa bianca e blu, e uno di loro teneva in mano il tricolore. Il cavallo del Generale era bianco e galoppante.

Stavo disponendo in ordine strategico l'armata francese tra libri, quaderni, portapenne, scatole del caffè, astuccio e lampada, quando squillò il telefono. Andai a rispondere tenendo in mano Napoleone a cavallo.

– Pronto, parla la famiglia Bufalini. Chi parla?

– Frrr frrr frrr...

Niente, la cornetta del telefono emetteva solo un indistinto fruscio.

Riprovai:

– Chi è? Chi parla?

– ...frrr...frr...TUTUTUTUTUTU...

Comunicazione caduta. Chissà se magari era...

DRIIINNN!

– PRONTO? – ripetei.

Allora dall'anonimo fruscio emerse una voce lontana, ma familiare:

– Achille, Achille, sono io, sono Mariano! Mi senti?

– Sì, sì, parla! Dove sei finito? Quando torni? Perché...

– Ti dirò, ti dirò! – m'interruppe il postpirata. – Ora ascoltami bene, prima che la comunicazione s'interrompa: funziona la tua televisione?

– Sì, mio padre l'ha comprata nuova; l'hanno portata ieri sera.

– Bene, allora vai a guardarla, subito sul primo canal... TUTUTUTUTUTU...

La voce del mio amico se n'era andata, ma il suo messaggio era arrivato a destinazione.

Senza perdere tempo, ignorando i consigli dei medici, corsi ad accendere il nuovissimo TV color giapponese: grande, rossa, sorridente, apparve a tutto schermo la faccia del postpirata!

Napoleone mi cadde di mano e battendo sul pavimento ruzzolò giù dal cavallo bianco.

# “Vivavox”, la voce viva

Il vento soffiava sui capelli e sul cappello a larghe tese del postpirata, che scrutava l’orizzonte appollaiato lassù, sulla coffa della nave. Dentro il cerchio del suo lungo cannocchiale, sospeso tra l’azzurro del cielo e l’azzurro del mare, veleggiava un galeone.

Il pirata inspirò profondamente, portò le mani a imbuto attorno alla bocca e tentò un grido, ma dalla sua voce uscì un suono debole e roco:

– All’arrembaggio!

Troppo poco, per lanciare all’assalto un’orda di corsari. Allora Mariano si tolse dalla giubba una scatoletta metallica, la aprì e si prese una mentina, che ingoiò. Inspirò nuovamente, e liberò un urlo portentoso:

– ALL’ARREMBAGGIO!

Sospinta dal vento, la nave pirata abbordò il

galeone spagnolo, e nell'assalto la scena sfumò per lasciar posto al primo piano di una confezione di caramelle Vivavox:

VIVAVOX
LE PRODIGIOSE MENTINE
CHE RESTITUISCONO LA VOCE
A CHI L'HA PERDUTA.
VIVAVOX, VIVA LA VOCE VIVA!

Alla pubblicità delle mentine seguì la *réclame* di una crema superabbronzante, e io, per paura di effetti indesiderati, spensi in fretta il televisore e mi allontanai dalla sala. Ero confuso, ma in fondo contento: Mariano aveva trovato lavoro e forse aveva guadagnato denaro sufficiente per la crociera. Mariano, il mio amico Mariano, s'era finalmente fatto vivo, e forse l'avrei rivisto presto.

Raccolsi il povero Napoleone e ritornai in camera, sul campo di battaglia, ma la voglia di giocare se n'era andata: pensavo continuamente alla faccia rossa del pirata che era apparsa su milioni di teleschermi, rivedevo lo spot delle mentine

Vivavox e immaginavo di imbarcarmi per indimenticabili viaggi.

Dopo tre giorni di malinconia, il mio viso era tornato sorridente, e se ne accorsero pure i miei genitori, la sera, durante la cena.

– Presto potrai tornare a scuola – osservò mio padre. – Non possiamo aspettare che la faccia ti si scolori, dato che finora non s'è visto alcun miglioramento... Anzi, mi sembri persino un po' più rosso! La voce, ormai, hai imparato a dominarla, e per il resto mi sembra che tu stia bene. Ancora un paio di giorni, poi riprenderai ad andare a scuola.

Annuii. L'idea di ritornare a scuola stranamente non mi dispiaceva, perché durante quel periodo di convalescenza m'ero proprio annoiato. Non mi dispiaceva nemmeno, d'altra parte, l'idea di avere ancora un paio di giorni di vacanza.

Quella sera mi addormentai a fatica, e la notte feci un sogno bizzarro e un po' pauroso: vestito da pirata, cavalcavo sopra un cavallo bianco, lungo una spiaggia deserta; d'un tratto vidi nel cielo una nuvola gigantesca, a forma di mano aperta, che si abbassò sulla spiaggia, mi afferrò e mi portò in alto. Io cercavo di gridare, di chiamare aiuto, ma dalla mia bocca non usciva alcun suono. Mi dimenavo, mi contorcevo, ma inutilmente. Poi la mano mi lasciò cadere e precipitai giù, in mezzo al mare.

Si accese la luce e vidi le pantofole e la vestaglia rosa di mia madre; poi alzai lo sguardo fino a inquadrare la sua faccia insonnolita.

– Ti sei fatto male? – mi domandò.

– No, siamo caduti in acqua – risposi.

Il viso della mamma fece una smorfia strana, come se il mio discorso non avesse senso.

– Torna sul letto, ora, è più comodo e più caldo – aggiunse.

Mi rialzai dal pavimento e m'infilai sotto le coperte.

# Pulizia in soffitta

Mi svegliò il colpo della porta di casa, che sbatté dietro i tacchi della mamma.

Erano le otto e la mia camera era già rischiarata da una luce soffusa. Mi alzai, andai alla finestra e sollevai la tapparella.

I miei occhi semichiusi guardarono fuori, nella speranza di vedere il mondo grigio, coperto di nuvole e magari di nebbia... Ahimé, c'era un sole magnifico dentro un cielo di cristallo. Un altro giorno da trascorrere in casa, senza uscire! Abbassai lo sguardo deluso, e solo allora mi accorsi che sul davanzale della finestra c'era un foglio bianco, tenuto fermo da una grossa conchiglia. Aprii i vetri e mi impadronii del messaggio: era una pagina scritta con la penna biro, in bella grafia.

Caro Achille,

sono qui in soffitta, tre piani sopra di te. Ti scrivo queste righe alla luce della mia torcia. È mezzanotte, sono arrivato da poco. Per fortuna ho trovato il portoncino aperto, così non ho dovuto svegliarti con i sassolini. Scusa se al telefono ti ho detto solo poche parole, ma ero all'autogrill, e sono rimasto senza gettoni. Hai visto la pubblicità? Ti è piaciuta? Domani me lo dirai.

Ora ti voglio raccontare quello che mi è accaduto in questi giorni.

Dopo la storia della controtelevisione ho pensato che questo viso rosso e questa voce così forte potevano essermi d'aiuto. Perciò sono andato al teatro comunale e ho chiesto di parlare con il direttore.

Mi sono offerto come presentatore o come attore, ma il direttore mi ha detto che non ne aveva bisogno e mi ha consigliato di andare allo stadio, a cercare lavoro come strillone.

Sono andato allo stadio, dove ho incontrato il viceresponsabile del personale, che mi ha suggerito di tentare presso un'agenzia di pubblicità. L'ho ringraziato e mi sono recato all'agenzia.

Durante il colloquio, il pubblicitario mi ha chiesto

che cosa so fare, e io gli ho fatto sentire tutta la mia voce. Allora lui si è illuminato di gioia e mi ha detto: "Lei è quello che aspettavamo!", e mi ha proposto di recitare nello spot delle mentine Vivavox.

Così, sono andato con loro in un posto lontano, dove ci sono gli studi cinematografici, e mi sono divertito a fare il pirata che grida "All'arrembaggio!".

Mi hanno pagato subito, in banconote, e credo che questi soldi potranno bastare per una bella crociera: come sono felice, Achille! Presto partirò!

Domattina, mentre tu leggerai questa lettera, andrò in città a cercare l'offerta migliore tra le agenzie di viaggio. Nel pomeriggio passerò da te. Spero di trovarti.

Io sono sempre tutto rosso, ma ho imparato a controllare la voce, anche se ogni tanto mi scappa ancora qualche grido.

E tu? Sei ancora sotto l'effetto della controtelevisione? E come è andata a finire la faccenda della megamela? Domani, domani mi racconterai. Ora mi è venuto sonno, e quindi ti saluto e ti auguro buonanotte, anzi buona giornata.

Tuo Mariano (il postpirata)

Avrei desiderato che il tempo volasse via veloce, che giungesse presto il pomeriggio e mi portasse la visita del mio amico. La mattinata, invece, trascorse lentamente, e pigre mi sembravano quelle lancette della sveglia che tenevo quasi costantemente sott'occhio.

L'unica distrazione fu l'arrivo del camioncino della ditta IGIENE & SPAZIO: *sgombero e disinfezione soffitte e cantine,* accolto con trepidazione dalla signora Luna, che per l'occasione non era andata a lavorare.

"Meno male" pensai, "che Mariano è uscito presto, stamattina".

I lavori di sgombero durarono fino a mezzogiorno, quando l'ultima pila di giornali fu buttata sul camion con gran polverone.

Dopo pranzo, la Luna scese a trovare mia madre.

Dalla camera potevo sentire distintamente la sua voce:

– Hanno pulito e lavato ogni angolo, hanno buttato via quei vecchi giornalacci e disinfettato tutto tutto! – raccontò, finalmente sollevata. – Davvero una ditta seria!

– Hanno trovato qualche fantasma? – le domandò mia madre, per prenderla un po' in giro.

– Oh, no, ai fantasmi io non ho mai creduto, però adesso sono più tranquilla. Hanno messo pure delle trappole per i topi, ma solo per farmi un piacere, perché hanno detto che non ci sono tracce di roditori.

– Cosa ne fanno di tutti quei giornali? – chiese ancora mia madre. – Li riciclano?

– No – rispose prontamente la signora, – mi hanno detto che non ne hanno convenienza: li portano subito all'inceneritore, tutto in fumo.

Prima che Mariano si chinasse per raccogliere un sasso, spalancai le finestre e lo chiamai a gran voce. In un attimo balzò dentro la mia stanza, agile e rapido più che mai. Strinsi con forza la mano del postpirata e sorrisi di fronte alla sua faccia, rossa quanto la mia.

Finalmente venne l'ora.

– Ce l'hai fatta, Mariano, ce l'hai fatta!

– Sì, Achille, sembra proprio di sì!

Aveva con sé una busta trasparente, dentro la quale c'erano opuscoli e depliant ricchi di incantevoli immagini. Sfogliammo insieme le tante pagine piene d'azzurro, e Mariano mi parlò accuratamente di tutte le crociere, presentandomi i possibili itinerari. Io navigavo sull'onda della sua voce.

Infine mi disse di aver scelto un viaggio di quindici giorni, lungo le coste orientali del Nostro Mare.

– È una crociera in offerta speciale, e con il denaro che ho guadagnato riesco giusto giusto a pagarmela! – esclamò. – A proposito, è meglio che vada in soffitta a riprendermi i soldi: stamattina li ho lasciati qui, per non rischiare di perderli... Achille, che cos'hai Achille, stai male? Che cos'è quella faccia? Cosa ho detto?

– Do... dove, in soffitta? – balbettai.

– Nella terza pila di giornali, dentro la decima rivista a contare dall'alto. Perché? Perché? Perché?

Come dirglielo? Come dirglielo? Non glielo dissi, poiché mentre la gola mi si seccava e mi si inumidivano gli occhi, il postpirata già correva verso la porta di casa e poi su per le scale, i gradini a tre a tre, fino in cima.

Lo raggiunsi un istante dopo, quando già era

entrato nel locale: larga, grande, pulita, vuota, desolatamente vuota, così ci apparve la soffitta. Vuota, come le tasche del postpirata.

– AAAAAAAH!

Fu un urlo tremendo, quello del pirata, equivalente a un'intera scatola di mentine Vivavox. Era un grido di dolore: non solo il dolore dell'anima per i soldi perduti, ma anche e soprattutto il dolore dell'alluce schiacciato dallo scatto della trappola per topi della ditta IGIENE & SPAZIO.

– Piano! Piano! – lo implorai. – Altrimenti ci sentono!

Troppo tardi: la sagoma rotonda della sign,ora Luna era già apparsa sulla porticina, occupandola tutta. Il mio cuore cadde in ginocchio.

– Si può sapere cosa ci fai tu qui? – mi chiese minacciosa e tremante la Luna. – E chi è questo strano signore?

– Io... lui... lui è il collaudatore, il collaudatore della ditta IGIENE & SPAZIO: è venuto a provare le trappole, vuole vedere se funzionano. Ha suonato a casa mia e l'ho accompagnato su.

Il volto della Luna, grazie al cielo, si rasserenò.

– Oh, piacere, mi chiamo Luna. Davvero una ditta seria! – commentò soddisfatta.

– Piacere, Mariano – singhiozzò il postpirata.

– Davvero un lavoro difficile il suo! – osservò ancora la signora. – Ha intenzione di provarle tutte?

– Oh, no! – rispose prontamente Mariano. – Se funziona una, funzionano anche le altre!

– Bene – concluse allora la Luna, – la lascio lavorare. Se quando ha finito vuole passare da casa mia, posso offrirle una fetta di torta di mele.

Lanciai un'occhiataccia al mio amico, che rispose:

– Verrei volentieri, ma purtroppo devo scappare via in fretta. Altri collaudi.

– Capisco, sarà per la prossima volta. Arrivederci. Davvero una ditta seria!

Finalmente la Luna se ne andò, e Mariano poté togliersi la trappola dal piede.

– Dove hanno portato i giornali? – mi domandò dopo qualche minuto di massaggio, quando incominciò a riprendersi dal dolore.

– Vieni qui – gli risposi, mettendogli una mano sulla spalla.

Lo condussi alla finestrella, e lo invitai ad affacciarsi.

– Vedi il fumo di quella ciminiera?

– Sì, lo vedo.

– Quello è l'inceneritore. I giornali sono lassù.

Un fumo grigio come la tristezza intossicava l'orizzonte. Dentro quella nuvola di cenere sfumava il sogno del pirata.

# Un colpo di fortuna

Quella notte Mariano dormì al porto, sulla panchina. Volle andarsene là, dove era cominciata la sua avventura, per sentire un'ultima volta il respiro del mare. Un'ultima volta, perché aveva deciso di rinunciare alla crociera e tornare a casa.

Il mattino seguente pesava sulla città un cielo imbronciato, colore del piombo: finalmente una bella giornata senza sole, finalmente sarei potuto uscire!

Dopo colazione, ottenuto il permesso da mia madre, mi preparai per la passeggiata. Volevo andare verso il porto, in cerca di Mariano, per salutarlo prima che partisse.

Cercando il berretto nel disordine della mia camera, gettai uno sguardo sulle scatole di caffè, che dal giorno del mio ricovero erano ancora sulla scrivania.

"E se provassi a pescare?" pensai. "Potrei trovare qualcosa di utile per Mariano, magari un... No, no, basta. Basta, non se ne parla nemmeno. Basta. Beh, però, se..."

Così, senza incontrare troppa resistenza, riuscii a convincere me stesso. E questa volta saltò fuori un PREPAPPAGALLO.

Che bello! Un prepappagallo è la compagnia migliore per un postpirata. Ma come sarà fatto? Sarà un pappagallo preistorico, oppure un piccolo pappagallo appena nato? Forse un uovo di pappagallo?

Prima di uscire, disegnai sul mio quaderno il nuovo personaggio (copiai dal libro degli animali un pappagallino verde), e riempii la pagina precedente con il disegno della controtelevisione, che non avevo ancora fatto.

L'aria, che respiravo a pieni polmoni, era grigia e fredda, ma viva: le rondini volteggiavano a bassa quota e io mi sentivo libero. Mi avviai verso i giardini, camminando di buon passo; davanti ad ogni vetrina, però, mi fermavo un istante e mi specchiavo, come fanno le signorine prima di un appuntamento: volevo vedere che effetto faceva in mezzo al mondo la mia faccia da pomodoro maturo.

Oh, ricordo bene quella prima passeggiata! Le occhiate curiose e sfuggenti dei passanti mi colpivano in continuazione, come freccette: nessuno rimaneva indifferente di fronte alla mia carnagione, ognuno posava il suo sguardo sulla mia pelle, anche solo per un istante. Sguardi compassionevoli, stupiti, scossi, divertiti, invidiosi...

Tanta attenzione era un fatto nuovo per me: di solito gli altri mi passavano accanto senza accorgersi della mia presenza. Ero davvero imbarazzato, ma la vergogna che risaliva il mio viso non si vedeva, perché più rosso di così non potevo diventare.

I giardini erano semideserti. Mi ero appena seduto su una panchina, quando vidi affiorare in lontananza, dalla siepe che fiancheggiava la stradina di ghiaia, una cosa rossa vicino a una cosa verde.

Sussultai, perché la cosa rossa sembrava la faccia di Mariano, e la cosa verde poteva essere...

Chiamai:

– MARIANO!

Marianna che urlo! M'ero scordato di avere una voce amplificata! Una nuvola di volatili si alzò in volo spaventata.

I pochi frequentatori del parco si voltarono atterriti verso di me. Un'anziana signora, barcollando, andò a sedersi su una panchina, la mano posata sul cuore.

Il postpirata, era proprio lui, mi rispose con un cenno della mano e mi corse incontro. Non aveva lo sguardo mogio del giorno prima, e sorrideva contento.

– Achille, Achille, ho trovato un nuovo amico! – mi annunciò.

– Vedo, vedo... – gli risposi, controllando il volume della voce e fissando affascinato il pappagallo verde che teneva sulla spalla.

– Ciao! – disse allora il pappagallo.

– Ciao! – replicai.

– È successo stamattina al porto – mi spiegò Mariano. – È volato giù da una nave, si è posato qui sulla mia spalla, e non s'è più mosso. L'ho chiamato Speranza.

Poi, rivolgendosi all'uccello, aggiunse:

– Speranza, ti presento Achille.

– Piacere. – gracchiò Speranza.

– Piacere! – ripetei io, incantato.

Era un pappagallo normale oppure un... prepappagallo?

Lo osservai attentamente, piuma per piuma, dal becco alle zampe. Mi colpì quell'occhio rotondo, colmo di furbizia. Quanto al resto, non era né grande né piccolo, né grasso né magro, né giovane né vecchio.

– Sai, Achille – mi disse Mariano, – penso che sia un pappagallo speciale...

Aprii bene le orecchie.

– Lui non è come gli altri pappagalli – continuò il postpirata. – Gli altri ripetono le parole che sentono, lui invece le... predice!

Allora capii, e sorrisi.

– Sai, Mariano, oggi ho rifatto il gioco dei prefissi, e dalle scatole è uscito proprio...

– Un *prepappagallo*! – fece il **prepappagallo**.

– Un prepappagallo? – ripeté come un pappagallo il postpirata.

– Un prepappagallo! – confermai io.

Entrambi fissammo Speranza, che aveva anticipato le nostre parole. I nostri sguardi scintillarono di sorpresa.

– E così – ripresi io, – è capace in un certo senso di prevedere il futuro!

– In un certo senso... – mormorò Mariano pensoso.

Ci incamminammo lungo il viale degli ippocastani. Un gattino bianco e nero ci venne incontro, lo sguardo diffidente, il passo pronto alla fuga.

– *Miao* – miagolò il prepappagallo.

– Miao – ripeté il gatto.

– Caspita, funziona anche con i gatti! – commentò divertito il postpirata.

Il viale costeggiava un canale, uno dei tanti corsi d'acqua che nei pressi della nostra città confluiscono al mare. Qualche barca, legata alla riva, sonnecchiava sull'acqua salmastra.

Ci sporgemmo un attimo sulla debole corrente; guardai la figura del pappagallo riflessa sulla superficie, e vidi che aveva il becco aperto, pronto per parlare.

– *Questi due sono pirati o pellerossa?*

Pronunciò proprio queste parole, il cui significato subito ci sfuggì.

Poi passarono vicino a noi due giovanotti dall'aria scanzonata, e uno dei due, fissandoci, borbottò:

– Questi due sono pirati o pellerossa?

Il suo compare scoppiò in una volgare sghignazzata, e i due proseguirono oltre, girandosi poi di tanto in tanto a guardarci.

Certo, eravamo un insolito spettacolo per le persone che ci incontravano: due visi rossi e un pappagallo verde speranza. Ma chi si curava più delle persone?

La nostra attenzione era interamente assorbita da quello straordinario pennuto, che era planato giù dall'albero di una nave e sapeva ripetere parole non ancora pronunciate!

Così, nell'incanto di quella camminata, arrivammo a poca distanza da casa mia, dove per prudenza ci fermammo. Era il momento dei saluti.

– E allora hai proprio deciso di partire... – esordii io, un po' imbarazzato.

– Già! – rispose Mariano, senza guardarmi negli occhi.

– A che ora te ne vai?

– Dopopranzo. Saluto i Padri Soccorrevoli e poi m'incammino.

– Farai tutta la strada in autostop?

– Sì, e stanotte sarò al mio paese, sul Lago Blu.

Non sapevo più cosa dire e sentivo che un groppo stava stringendo la mia gola. Allora, come sempre quando non si sa cosa dire, parlai del tempo.

– Speriamo che non piova.

– Speriamo – ripeté il pirata. E fu in quel momento che, inaspettatamente, Speranza si inserì nella nostra conversazione.

– *Parzialmente nuvoloso al Nord con ampie schiarite nel corso della giornata.*

*Tempo soleggiato sul resto della Penisola.*

*Per questa sera è tutto, non ci resta che salutarvi e augurarvi un buon proseguimento di serata con i programmi della nostra rete.*

Io e Mariano ci scambiammo un'occhiata incredula.

– Ehi, queste sono le previsioni del tempo! – esclamò il pirata.

– Sì, ma quando le ha sentite? – domandai.

– Piuttosto dobbiamo domandarci quando le sentirà! – precisò Mariano.

– Già! Potrebbero essere le previsioni di questa sera o di domani – supposi.

– Certo che sei proprio un fuoriclasse, Speranza! – esclamò Mariano.

Poi, rivolgendosi a me, aggiunse:

– Sai che bello, se Speranza riuscisse a predire anche i risultati del Totocalcio? Potremmo guadagnarci la crociera e partire tutti e tre!

– Dici davvero? Tutti e tre? Potrei venire anch'io? – domandai, sorpreso.

– Perché no?

Allora, con lo sguardo della fantasia, vidi una nave bianca lasciare il porto, dirigersi in mare aperto e sparire sotto il gradino dell'orizzonte. Sul parapetto della nave, benedetti dagli spruzzi dell'onda, tre insoliti passeggeri: un pirata, un pappagallo e un Achille...

– ...Oh, se mi piacerebbe! – sussurrai, trasognato.

Mariano mi sorrise, poi si tolse il pappagallo dalla spalla e se lo posò delicatamente sull'avambraccio. Lo guardò nell'occhio furbo e gli chiese, con un tono serio e grave:

– Senti, Speranza, sei capace di predire i risultati del Totocalcio che ascolteremo domenica sera alla televisione?

Speranza restò indifferente, come se neppure avesse ascoltato. Mariano attese qualche secondo, poi si volse verso di me dicendomi:

– Pazienza, ci abbiamo provato! Non dobbiamo pretendere troppo da un pappagallo.

Una sirena annunciò il mezzogiorno: per me era l'ora del rientro.

Strinsi forte la mano del pirata, accarezzai il capo di Speranza e mi avviai verso casa, ma non feci molta strada, perché dopo due passi sentii la voce gracchiante del pappagallo, che disse:

– *A...*

– A...? – ripetemmo in coro noi due.

No, Speranza non si fermò alla A. Riprese a parlare e snocciolò l'intera schedina del Totocalcio, fino all'ultima ics.

– *Atalanta Juventus 2*
*Cagliari Milan X*
*Fiorentina...*

Mariano, per quanto fosse rosso, sbiancò.

Si tolse di tasca una penna biro e tuonò:

– UN FOGLIO, ACHILLE, UN FOGLIO!

Io gli strappai la biro di mano e scrissi in fretta e furia sul mio avambraccio i tredici segni della colonna vincente.

# La crociera... dei desideri

La nave da crociera a poco a poco si allontanava dal porto, lasciando dietro di sé due baffi bianchi e vorticosi.

In piedi, davanti a tutto quell'azzurro, io riflettevo sugli ultimi avvenimenti.

La vincita al Totocalcio non era stata miliardaria, ma sufficiente per acquistare due biglietti per una crociera di quindici giorni sul Mediterraneo.

Quella mattina, perciò, uscendo di casa per andare a scuola, non avevo riempito lo zainetto con i soliti libri, ma con l'occorrente per il viaggio, dal costume da bagno allo spazzolino da denti. Avevo poi infilato sotto il mio cuscino una letterina per i miei genitori, sulla quale avevo scritto queste parole:

*Cara mamma, caro papà,*

*tornerò tra quindici giorni.*

*Sgridatemi pure, ma dopo, per favore, perdonatemi.*

*Non c'è niente di pericoloso, potete stare tranquilli. È già tutto pagato.*

*Vi manderò una cartolina e vi porterò una stella marina.*

*Achille*

Infine, prima di abbandonare la mia camera, non avevo resistito alla tentazione di pescare un'ultima, ultimissima parola dalle scatole magiche, e avevo trovato un SUPER... Non ve lo dico, lo scoprirete più avanti.

Mi ero poi incontrato al parco con Mariano, che teneva Speranza sulla spalla e trascinava baldanzoso il suo valigione. Avevamo percorso di buona lena il pezzo di strada che porta al mare, ma un attimo prima di salire sulla nave mi ero fermato.

– Sai, Mariano – avevo confessato al postpirata, – l'idea della crociera mi è sempre sembrata un bellissimo sogno, ma... ma adesso che si tratta di partire sul serio... non me la sento più. Vai tu, Speranza ti terrà compagnia.

Mariano mi aveva sorriso, mi aveva abbracciato e si era persino commosso; poi si era imbarcato a passi svelti, senza più voltarsi.

Ora me ne stavo lì, fermo sulla banchina, a guardare la nave che se ne andava senza di me.

D'un tratto mi distrasse la rumorosa partenza di un motoscafo che usciva rapido e beccheggiante dal porto: era la motovedetta della Polizia, su cui sventolava come una bandiera una chioma rossiccia del tutto simile a quella di mia madre, accanto alla quale spuntava un profilo scuro e affilato, che sembrava proprio il profilo di mio padre...

Erano loro!

Correvano in direzione della nave, in cerca di me.

Sicuramente avevano letto il mio biglietto, ma come avevano fatto a trovarmi? La rima, era stata la rima finale a tradirmi! Forse, se al posto di stella marina avessi scritto stella alpina...

La piccola motovedetta inseguiva a grande velocità la gigantesca nave da crociera.

Io ero triste per la partenza di quell'amico impareggiabile e gentile, che un giorno di pioggia era apparso alla mia finestra e ora se ne andava, forse per sempre.

Ero pure un po' preoccupato per quell'ombra scura che avevo intravisto sulle facce dei miei genitori, e per il significato di quell'ultima parola, SUPER, che era uscita dalle scatole del caffè.

Ma un attimo prima che la nave sparisse, si alzò dall'orizzonte un grido potentissimo:

– CIAO, ACHILLE, AMICO MIO!

Era il postpirata, che mi salutava con tutto il fiato che aveva nei polmoni.

Allora raccolsi le mani attorno alla bocca, inspirai profondamente e risposi:

– BUON VIAGGIO, PIRATA!

Sulla mia faccia spuntò un sorriso luminoso e leggero.

In quel momento ripensai a tutte le prodigiose vicende che erano accadute nell'ultima settimana, al quadrifoglio, al postpirata, alla megamela, alla controtelevisione, al prepappagallo, e tutto mi sembrò un favoloso, irripetibile sogno, un'invenzione della mia fantasia.

Potenza della fantasia: metti insieme due sole paroline e nasce un personaggio, e poi una storia, un mondo di eventi impensabili e straordinari!

Potenza della fantasia, che senza muovere un dito butta il mondo a gambe all'aria, e quello che è piccolo lo rende grande, quello che è dopo lo mette prima.

La motovedetta della Polizia tornò a riva, e i miei genitori imbronciati scesero sulla banchina.

Corsi loro incontro, mettendo avanti la mia faccia più pentita, per cercare di ottenere il perdono a buon prezzo: in fin dei conti, non ero neppure partito!

Mi avvicinai a mio padre e, ripetendo le parole che avevo scritto sulla lettera, lo implorai:

– Papà, sgridami pure, ma dop...

Non riuscii a concludere la frase, perché il papà si rimboccò la manica e mi scaraventò in acqua con un SUPERCEFFONE.

# PER COMPRENDERE MEGLIO

Schede didattiche a cura di
Cristina Cicconi

# CACCIA AL TESORO

In ogni isola trova la parola giusta, prendi la lettera evidenziata e inseriscila nella casella del baule caduto in fondo al mare. Scoprirai così un tesoro veramente unico!

Achille a scuola forma la parola
_ _ _ _ _ _ _ _ _ _ _ _ _
1

La maestra fa infilare i fogli in due tazze, una _ _ _ _ _
2
e l'altra _ _ _

Ad Achille piace la parola quadrifoglio?
_ _
3

A casa Achille prepara foglietti con parole e prefissi poi li mette in due
_ _ _ _ _ _ _ _
4

La prima parola formata a casa da Achille è
_ _ _ _ _ _ _ _ _ _ _ _
5

Achille sul quaderno scrive postpirata poi lo
_ _ _ _ _ _ _ _
6

Achile permette a Mariano di dormire in
_ _ _ _ _ _ _ _ _
7

Achille prende un superceffone dal suo
_ _ _ _
8

| 1 | 2 | 3 | 4 | 5 | 6 | 7 | 8 |
|---|---|---|---|---|---|---|---|
| | | | | | | | |

# IL GIOCO DEL VERO E FALSO

- Cerca nel racconto alcune parole poco note e scrivi il loro giusto significato consultando il vocabolario. Poi inventa un altro significato strano o impossibile.
Ora chiedi ad un tuo amico qual è il significato giusto.

| Parola scelta | Spiegazione giusta (dal vocabolario) | Spiegazione errata |
|---|---|---|
| BIZZARRO | Che non segue i comportamenti considerati comuni | Animale simile al ramarro che vive nei boschi |
| ENFASI | Esprimersi mettendo in particolare rilievo una parola o un'espressione | Fenomeno meteorologico raro: formazione di nubi che annunciano una grande tempesta |

- Ora continua tu:

CORRUCCIATO

ATTENTO! Nella prova per gli amici non scrivere "spiegazione giusta" e "spiegazione errata", ma solo VERO e FALSO.

# "INVENTAPAROLE" E... "INVENTASTORIE"

- Completa il *quadrifoglio magico* con dei prefissi o dei nomi.
  Otterrai delle strane parole con le quali potrai inventare anche tu delle storie meravigliose.

- Ora potrai inventare altri quadrifogli con nomi e prefissi nuovi. *Buon divertimento!*

# IL CLUB DEL BRAVO LETTORE

Per entrare nel club devi collezionare almeno 40 punti rispondendo esattamente alle domande, dopo aver letto bene il racconto (10 punti per le risposte esatte, 0 per quelle sbagliate).

**1- Il Prepappagallo è:**

a) un uovo di pappagallo

b) un pappagallo che anticipa le parole

Punti ..................

**2- La crociera è:**

a) un lungo viaggio con una bella nave

b) un oggetto per riporre le croci

Punti ..................

**3- Il Postpirata è:**

a) il nipote di un vero pirata

b) un marinaio "acchiappapirati"

Punti ..................

**4- La controtelevisione è:**

a) la TV che dichiara guerra alle altre TV

b) l'apparecchio che aspetta da te uno spettacolo

Punti ..................

**5- Il Mediterraneo è:**

a) una bilancia per pesare la terra

b) un mare

Punti ..................

Totale Punti ..................

- Se hai raggiunto 50 punti sei un campione!
- Se hai realizzato 40 punti sei proprio forte!
- Se non hai raggiunto 40 punti ritenta, vedrai che riuscirai ad essere un vero campione!



Risposte esatte b - a - a - b - b

# PER DIVENTARE SAGGI

Nel quadrato magico cancella le seguenti lettere: B H Q V Y J K.
Leggendo in orizzontale quelle rimaste, troverai le parole per ricomporre le due raccomandazioni che risuonano nella testa di Achille quando incontra per la prima volta Mariano.

| | | | | | | | | | | | | |
|---|---|---|---|---|---|---|---|---|---|---|---|---|
| K | N | B | O | H | N | A | P | Q | R | V | I | Y |
| J | R | H | B | E | K | A | Q | G | Y | L | J | I |
| S | C | H | O | N | B | O | S | C | I | U | T | I |
| M | Q | A | I | F | V | I | H | D | A | R | S | I |
| Q | H | D | B | E | K | L | J | L | Q | E | B | H |
| A | K | P | J | P | B | A | R | J | E | N | Z | E |

Raccomandazione n°1

_______________________________________________

_______________________________________________

Raccomandazione n°2

_______________________________________________

_______________________________________________

# TUTTI A BORDO

Metti sulla nave solo i nomi dei pirati citati nel racconto lasciando nel mare tutti gli altri.

CORSARO NERO

ARTIGLIO ANTICO

LONG JOHN

CAPO NORD

CORSARO ROSSO

LUPO ARGENTATO

CAPITAN UNCINO

CAPITAN SUD

MELA GROSSA

MARE GROSSO

TIGRE ROSSA

CANE NERO

YANEZ

Puoi aiutarti rileggendo le pagine 23 - 24

# COSTRUISCI LA SCHEDA DEL LIBRO

AUTORE: ..............................................................

TITOLO: ..............................................................

CASA EDITRICE: ..............................................................

GENERE: (giallo-umoristico-fiabesco...) ..............................

PROTAGONISTI: ..............................................................

..............................................................................

EPISODIO CHE MI È PIACIUTO DI PIÙ: ..............................

..............................................................................

..............................................................................

GIUDIZIO PERSONALE: ..............................................

..............................................................

..............................................

# Indice

## **Serie Gialla** (prime letture)

### Ultime Uscite

*13 – Luigino Quaresima* – Il Pianeta della Felicità
*14 – Luigino Quaresima* – Bob, cagnolino curioso
*15 – Ivonne Mesturini* – Ludovica e Taro
*16 – Alessandra Rimei* – Nel Mondo Rotondo
*17 – Marina Rossi* – La Fattoria di Prato Fiorito
*18 – Patrizia Ceccarelli* – Che animali strampalati!
*19 – Marco Moschini* – L'alfabeto incantato

## **Serie Rossa** (a partire dai 7 anni)

### Ultime Uscite

*25 – Annamaria Piccione* – Il gallo che amava la luna
*26 – Ottino, Conte* – Il paese del pesce felice
*27 – Nazzarena Stival* – Il fantasma dell'Osservatorio
*28 – Marina Rossi* – Tonto e Bla Bla
*29 – Angela Riva* – L'orripilante Mostro Trinciasucchiapelo
*30 – Locatello-Vitillo* – La botticella perduta
*31 – Sergio Luigi Bortot* – Il Natale degli Gnomi

## **Serie Blu** (a partire dai 9 anni)

### Ultime Uscite

*26 – Fiorella Herber Fattorini* – La stanza dell'equinozio
*27 – Cinzia Medaglia* – Pepi il vagabondo
*28 – Rita Stecconi* – Il mistero dei Roccamanero
*29 – Elena Spelta* – SOS mare
*30 – Paola Ferrarini Montanari* – La Banda dei Bix
*31 – Ivonne Mesturini* – Un amico venuto dal mare
*32 – Cinzia Milite* – Sotto lo stesso sole

## **Serie** Un tuffo nella storia

– *Nadia Vittori* – Testa dura ma... geniale
– *Nadia Vittori*– Alla ricerca del pugnale sacro
– *Nadia Vittori* – Il profumo della porpora
– *Nadia Vittori* – Gli scribi reali
– *Nadia Vittori* – L'alloro e la spada
– *Nadia Vittori* – Il segreto dei vasi neri
– *Nadia Vittori* – La lupa e l'aquila
– *Nadia Vittori* – Le ali della fortuna
– *Nadia Vittori* – Tre cuccioli imperiali
– *Nadia Vittori* – La spada delle steppe
– *Nadia Vittori* – La Preistoria: Miti-Scoperte-Invenzioni
– *Nadia Vittori* – Le civiltà dei fiumi e dei mari: Miti e leggende
– *Nadia Vittori* – L'antica Roma: Le più belle leggende

**Nuovi titoli**

– *Nadia Vittori* – In marcia tra i ghiacci
– *Nadia Vittori* – La Guerra di Troia

## **Serie** I Classici

– *Esopo* – Le più belle favole
– *Lyman Frank Baum* – Il Mago di Oz

Puoi comunicare

- le tue impressioni
- i tuoi desideri
- le tue proposte

Scrivendo a:

**RAFFAELLO EDITRICE**
Via dell'industria, 21
60037 Monte San Vito (AN)
info@ilmulinoavento.it

**AVRAI SEMPRE UNA RISPOSTA!**

Puoi trovare il catalogo completo del Mulino a Vento con le ultime novità all'indirizzo: http://www.ilmulinoavento.it

Un pirata in soffitta